Leo Tolstoi

Wieviel Erde braucht der Mensch?

LIWI

LITERATUR- UND WISSENSCHAFTSVERLAG

Bibliografische Information der Deutschen Nationalbibliothek

Die Deutsche Nationalbibliothek verzeichnet diese Publikation in der Deutschen Nationalbibliografie; detaillierte bibliografische Daten sind im Internet über http://dnb.dnb.de abrufbar.

Leo Tolstoi

Wieviel Erde braucht der Mensch?

Entält die Erzählungen "Wieviel Erde braucht der Mensch?", "Herr und Knecht" sowie "Iljaß".

Durchgesehener Neusatz, der Text dieser Ausgabe folgt:

"Wieviel Erde braucht der Mensch?", übersetzt von Alexander Eliasberg, Leipzig 1913.

"Herr und Knecht" sowie "Iljaß" übersetzt von Carl Goritzky, Dresden [1900].

Vollständige Neuausgabe, Göttingen 2024.

Umschlaggestaltung und Buchsatz: LIWI Verlag

LIWI Literatur- und Wissenschaftsverlag

Thomas Löding, Bergenstr. 3, 37075 Göttingen

Internet: liwi-verlag.de | Instagram: instagram.com/liwiverlag | Facebook: facebook.com/liwiverlag

Druck: Libri Plureos GmbH, Friedensallee 273, 22763 Hamburg

ISBN Taschenbuch: 978-3-96542-869-0

ISBN Gebundene Ausgabe: 978-3-96542-870-6

Inhalt

Wieviel Erde braucht der Mensch?

1

Die ältere Schwester aus der Stadt besuchte ihre jüngere Schwester auf dem Dorfe. Die ältere war mit einem Kaufmann in der Stadt verheiratet und die jüngere mit einem Bauern im Dorfe. Die Schwestern tranken Tee und unterhielten sich. Die ältere Schwester begann zu prahlen und ihr Leben in der Stadt zu rühmen: wie geräumig und wie reinlich sie in der Stadt wohne, wie schön sie sich kleide und ihre Kinder putze, wie gut sie esse und trinke, und wie sie Spazierfahrten und Vergnügungen mitmache und Theatervorstellungen besuche.

Die jüngere Schwester fühlte sich dadurch verletzt, und sie begann das Kaufmannsleben herabzusetzen und ihr eigenes Bauernleben zu rühmen.

»Ich würde um nichts in der Welt«, so sagte sie, »mein Leben mit dem deinigen vertauschen. Es ist wahr, daß wir nicht besonders schön wohnen, dafür kennen wir auch keine Sorgen. Ihr lebt allerdings schöner und sauberer, dafür könnt ihr heute viel Geld verdienen, morgen aber alles verlieren. Es gibt auch ein Sprichwort: Der Verlust ist der ältere Bruder des Gewinns. Es kommt ja wirklich vor, daß jemand heute reich ist und morgen betteln geht. Unser Bauernleben ist viel sicherer: das Leben des Bauern ist karg, doch lang. Reich werden wir nie, dafür aber haben wir immer satt zu essen!«

Darauf entgegnete die ältere Schwester:

»Das ist mir ein schönes Essen: aus einem Trog mit den Schweinen und Kälbern! Ihr lebt im Schmutz und ohne Manieren. Wie sehr sich dein Bauer auch abmüht, ihr werdet doch nicht anders als auf dem Misthaufen leben und auch auf dem Misthaufen sterben. Und euren Kindern wird es nicht anders gehen.«

»Was macht denn das?« erwiderte die Jüngere. »Unser Leben ist einmal so. Dafür leben wir sicher, brauchen uns vor niemand zu bücken und fürchten niemand. Ihr lebt aber in der Stadt in ständiger Anfechtung; heute lebt ihr gut, und morgen kommt der Böse und verführt deinen Mann zum Kartenspiel oder zum Trunk oder gar zu einer Liebschaft. Und dann ist alles hin. Kommt das etwa nicht vor?«

Der Bauer Pachom lag auf dem Ofen und hörte dem Gespräch der beiden Frauen zu.

›Es ist ja alles wahr‹, sagte er sich. ›Unsereiner hat von Kind auf mit der Erde zu schaffen, und daher kommen ihm solche Narrheiten nie in den Sinn. Eines ist nur traurig: wir haben zu wenig Land! Wenn ich genug Land hätte, so fürchtete ich niemand, nicht einmal den Teufel!‹

Die Weiber tranken ihren Tee aus, schwatzten noch von Putz und Kleidern, räumten das Geschirr weg und legten sich schlafen.

Der Teufel hatte aber hinter dem Ofen gesessen und alles gehört. Er freute sich, daß die Bäuerin ihren Mann zum Prahlen verleitet hatte: er prahlte ja, wenn er genug Land hätte, so würde ihn auch der Teufel nicht holen können.

›Es ist gut,‹ sagte sich der Teufel, ›wir wollen sehen: ich will dir viel Land geben und dich gerade damit fangen.‹

2

In der Nachbarschaft wohnte eine Gutsbesitzerin. Sie war nicht sehr reich und besaß etwa hundertundzwanzig Dessjatinen Land. Anfangs vertrug sie sich mit den Bauern sehr gut und tat ihnen nie etwas zuleide. Nun stellte sie sich aber einen verabschiedeten Soldaten als Verwalter an, und dieser begann die Bauern mit Geldstrafen zu plagen. Wie sehr sich auch Pachom in acht nahm, kam es doch jeden Tag vor, daß entweder sein Pferd in den fremden Hafer ging oder seine Kuh sich in den Garten verirrte oder die Kälber auf der fremden Wiese weideten; jedesmal gab es Geldstrafen.

Pachom zahlte die Strafen und ließ seinen Ärger an seinen Hausgenossen aus. Gar oft hatte sich Pachom im Laufe des Sommers um dieses Verwalters willen an den Seinen versündigt. Als das Vieh im Herbst in den Stall kam, war er froh: das Futter kostete zwar Geld, dafür aber hörte die ewige Angst auf.

Im Winter hieß es plötzlich, daß die Gutsbesitzerin ihr Land verkaufen wolle und daß der Besitzer der Herberge an der Landstraße mit ihr darüber unterhandle. Als die Bauern davon hörten, begannen sie zu jammern und sagten: »Wenn der Wirt das Gut bekommt, wird er uns noch viel ärger zusetzen als die Gutsherrin. Wir können ohne dieses Land nicht auskommen, denn unser Besitz ist darin von allen Seiten eingeschlossen.« Die Bauern gingen nun alle zur Gutsherrin und baten, sie möchte das Land nicht dem Wirt, sondern ihnen verkaufen; sie versprachen auch einen höheren Preis zu zahlen. Die Gutsherrin ging darauf ein. Die Bauern wollten das Land als Gemeindegut erwerben; sie versammelten sich einige Male, um die Sache zu besprechen, konnten aber nicht einig werden. Jedesmal kam es zu Streitigkeiten, denn der Böse hatte seine Hand im Spiele. Darauf beschlossen die Bauern, daß ein jeder auf eigene Rechnung je nach seinem Vermögen kaufen solle. Auch darauf ging die Gutsherrin ein. Pachom hörte, daß sein Nachbar der Gutsherrin zwanzig Dessjatinen abgekauft habe, wobei er die Hälfte des Kaufpreises in jährlichen Raten bezahlen dürfe. Pachom wurde neidisch. ›Sie kaufen das ganze Land auf und lassen mir nichts übrig‹, dachte er. Und er beriet sich mit seiner Frau.

»Da alle Leute kaufen,« sagte er zu ihr, »müssen auch wir an die zehn Dessjatinen kaufen. Sonst ist es ja wirklich kein Leben: der Verwalter hat uns mit seinen Geldstrafen beinahe zugrunde gerichtet.«

Und sie überlegten sich, wie sie es anstellen sollten. Sie hatten hundert Rubel erspart; nun verkauften sie ein Füllen und die Hälfte der Bienenstöcke, verdingten den Sohn als Arbeiter, borgten sich noch etwas beim Schwager und brachten auf diese Weise die Hälfte der Kaufsumme auf.

Als Pachom das Geld beisammen hatte, suchte er sich ein Stück Land nach seinem Geschmack aus – es waren fünfzehn Dessjatinen mit einem kleinen Wald – und begab sich zur Gutsherrin, um über den Kauf zu verhandeln. Sie wurden handelseinig, und er gab ihr eine Anzahlung auf die fünfzehn Dessjatinen. Dann fuhren sie in die Stadt und schlossen den Kaufvertrag ab; Pachom zahlte die Hälfte des Preises und verpflichtete sich, den Rest innerhalb zweier Jahre abzuzahlen.

Nun hatte Pachom ein ordentliches Stück Land. Er verschaffte sich Saat auf Borg und besäte den gekauften Grund. Schon die erste Ernte war so gut, daß er gleich im ersten Jahre sowohl der Gutsherrin wie auch dem Schwager die Schuld bezahlen konnte. So wurde Pachom Gutsbesitzer: der Boden, den er bebaute, auf dem er mähte, sein Holz fällte und sein Vieh weidete, gehörte nun ihm. Sooft Pachom auf sein eigenes Land hinausfuhr, um zu pflügen oder um die Saat und das Gras anzusehen, war er stolz und glücklich. Es schien ihm, daß auf seinem Grund und Boden ganz anderes Gras wachse und andere Blumen blühten als sonst überall. Wenn er früher an diesem Stück Land vorbeigefahren war, schien ihm das Land ganz gewöhnlich; jetzt war es aber ein gesegnetes Land.

3

So lebte Pachom in Freuden. Er wäre wohl ganz zufrieden gewesen, wenn ihm die Bauern nicht ständig mit den vielen Flurschäden zugesetzt hätten. Er stellte sie freundlich zur Rede, aber es half alles nichts: bald ließen die Hirten die Kühe auf seinen Wiesen grasen, bald verirrten sich nachts die Pferde in sein Korn. Pachom trieb das fremde Vieh weg, verzieh den Bauern und beschwerte sich nicht; auf die Dauer wurde es ihm aber doch zu dumm, und er zeigte die Schuldigen bei der Dorfpolizei an. Er wußte zwar, daß die Bauern es nicht mit böser Absicht taten und daß es nur daher kam, weil sie so dicht beieinander wohnten; und doch mußte er sich sagen: ›Ich kann es ihnen doch nicht immer nachsehen! Sie ruinieren mir schließlich mein ganzes Land. Ich muß ihnen doch einmal eine Lehre geben!‹

Er zeigte einen Bauern an, dann einen andern, und beiden wurden Geldstrafen zudiktiert. Das ärgerte die Nachbarn, und von nun an kam es vor, daß sie ihn mit Absicht schädigten.

Jemand kam nachts in sein Wäldchen und fällte zehn junge Linden, um sich aus ihrer Rinde Bast zu machen. Als Pachom am nächsten Tage an dieser Stelle vorbeifuhr, sah er etwas weiß schimmern. Wie er näher kam, sah er die abgeschälten Stämme auf der Erde liegen, nur die Stümpfe ragten noch aus dem Boden. Wenn der Dieb wenigstens die äußersten Stämme vom Gebüsch gefällt und die mittleren stehen gelassen hätte! Aber nein: er hatte alle der Reihe nach abgehauen. Pachom wurde wütend.

›Wenn ich nur wüßte, wer es war! Dem möchte ich einen ordentlichen Denkzettel geben!‹ Er überlegte lange hin und her und sagte sich schließlich: ›Es kann niemand anders als Semjon gewesen sein.‹

Er ging zu Semjon, durchsuchte seinen Hof, fand aber nichts; es kam nur zu einem Streit. Pachom war nun erst recht davon überzeugt, daß Semjon der Täter war. Er reichte eine Klage ein. Es kam zur Verhandlung, und die Richter mußten Semjon freisprechen, da jeglicher Beweis für seine Schuld fehlte. Darob geriet Pachom noch mehr in Zorn, und er fing einen Streit mit dem Schulzen und den Richtern an. Er sagte zu ihnen: »Ihr steckt unter einer Decke mit den Dieben. Wenn ihr anständig wäret, würdet ihr den Dieb nicht freisprechen!«

Nun war Pachom mit den Richtern und den Nachbarn verzankt. Die Bauern drohten ihm mit dem roten Hahn. So hatte Pachom zwar auf seinem Grund und Boden genügend Raum, doch in der Gemeinde wurde es ihm zu eng.

Um jene Zeit kam das Gerücht auf, daß viele Bauern weiter nach Osten auswanderten. Und Pachom sagte sich: ›Ich selbst brauche ja nicht auszuwandern, denn ich habe auch hier genügend Land; wenn aber jemand von den Nachbarn auswandern wollte, würde es hier geräumiger werden. Ich würde das Land der Auswandernden aufkaufen und damit meinen Besitz abrunden; ich würde es dann viel bequemer haben, denn jetzt ist es wirklich zu eng!‹

Als Pachom einmal zu Hause saß, klopfte bei ihm ein durchreisender Bauer an. Pachom gewährte ihm Nachtquartier, gab ihm zu essen und zu trinken und fragte ihn, woher er des Weges komme. Der Bauer sagte, daß er aus dem unteren Wolgagebiet

komme, wo er auf Arbeit gewesen sei. Ein Wort gab das andere, und der Bauer erzählte
von den Verhältnissen der Einwanderer in jener Gegend. Viele Leute aus seinem Dorf
seien hingezogen; man habe sie ohne Schwierigkeiten in die Gemeinde aufgenommen
und einem jeden zehn Dessjatinen Land zugeteilt. Der Boden sei dort sehr fruchtbar:
zwischen den Kornähren könne sich ein Pferd verbergen, und fünf Handvoll Ähren
gäben eine Garbe ab. Ein Bauer, der gänzlich verarmt und mit leeren Händen hinge-
kommen sei, besitze jetzt sechs Pferde und zwei Kühe.

Pachoms Herz entbrannte. Er sagte sich: ›Was soll ich mich hier in der Enge plagen,
wenn ich anderswo viel besser leben kann? Ich will meinen hiesigen Besitz verkaufen
und mich mit dem Erlös drüben einrichten. Denn hier in der Enge hat man nichts als
Ärger. Nur muß ich zuerst selbst hin und mir die Sache näher anschauen.‹

Als die Sommerarbeiten zu Ende waren, machte sich Pachom auf den Weg. Er fuhr
bis Samara die Wolga hinab und ging von dort etwa vierhundert Werst zu Fuß. Er kam
in die Gegend. Alles stimmte. Die Bauern hatten dort viel Land. Einem jeden waren
zehn Dessjatinen zugeteilt, und Fremde wurden ohne Schwierigkeiten in die Gemeinde aufgenommen. Wer aber auch noch Geld mitbrachte, durfte außer den ange-
wiesenen zehn Dessjatinen noch so viel Land kaufen, wie er wollte; eine Dessjatine
bester Erde kostete nur drei Rubel.

Als Pachom alles an Ort und Stelle kennen gelernt hatte, kehrte er zum Herbst nach
Hause zurück und begann seinen Besitz zu verkaufen. Er verkaufte sein Land mit Ge-
winn, verkaufte sein Gehöft, sein Vieh, trat aus der Gemeinde aus und zog im nächsten
Frühjahr mit Weib und Kind in die neue Heimat.

4

Pachom kam mit seiner Familie ins neue Land und ließ sich in einem großen Dorfe in
die Gemeinde aufnehmen. Er bewirtete die Gemeindeältesten mit Schnaps, und sie
verschafften ihm alle notwendigen Papiere. Sie nahmen Pachom in die Gemeinde auf
und teilten ihm, da seine Familie aus fünf Köpfen bestand, fünfzig Dessjatinen Land
auf verschiedenen Feldern zu; außerdem bekam er einen Anteil am Weideland.
Pachom baute sich an und kaufte Vieh. Nun besaß er allein an zugeteiltem Land drei-
mal mehr als früher; es war guter, fruchtbarer Boden. Er konnte daher zehnmal so gut
leben wie früher. Er besaß genügend Ackergrund und Weideland und konnte sich so
viel Vieh halten, wie er wollte.

Anfangs, während er sich einrichtete, erschien ihm alles vortrefflich; nachdem er
aber eine Zeitlang gewirtschaftet hatte, fand er es auch hier zu eng. Im ersten Jahre säte
Pachom Weizen auf dem ihm zugeteilten Lande, und er gedieh sehr gut. Nun bekam

er Lust, noch mehr Weizen zu bauen, doch das zugeteilte Land reichte nicht mehr aus. Auch war es nicht von der nötigen Beschaffenheit. In jener Gegend sät man den Weizen auf neuen Steppenboden oder Brachfeld. Man sät ihn nur ein oder zwei Jahre und läßt dann die Erde brach liegen, bis sie wieder mit Steppengras bewachsen ist. Solches Land fand viele Liebhaber, aber für alle konnte es nicht reichen. Das gab immer Grund zu Streitigkeiten; die reicheren Bauern bebauten ihr Land selbst, und die ärmeren verpachteten das ihrige an Kaufleute, um mit dem Pachtzins ihre Steuern zu bezahlen. Auch Pachom wollte mehr von diesem Lande haben. Er ging im nächsten Jahr in die Stadt und pachtete von einem Kaufmann Land auf ein Jahr. Er besäte es, der Weizen gedieh gut, doch das Feld lag zu weit vom Dorf entfernt: er mußte ganze fünfzehn Werst weit fahren. Er sah, daß die reicheren Bauern in der Umgegend wie Gutsbesitzer auf Einzelhöfen lebten und von Jahr zu Jahr reicher wurden. ›Wenn ich mir noch etwas Land zu Erb und Eigen kaufen könnte,‹ dachte er sich, ›würde ich mir auch so ein Gut bauen! Dann hätte ich alles beisammen.‹ Und Pachom sann nun darüber nach, wie er sich Erbland zulegen könnte.

So vergingen drei Jahre. Pachom nahm Land in Pacht und baute Weizen. Die Jahre waren gut, der Weizen gedieh vortrefflich, und Pachom konnte sich etwas Geld zurücklegen. Eigentlich hätte er so sehr gut leben können, aber es ärgerte ihn, daß er jedes Jahr neue Pachtverträge abschließen mußte. Jedesmal gab es große Scherereien: wenn irgendwo besonders guter Boden zu verpachten war, stürzten sich die Bauern von der ganzen Gegend darauf und schnappten ihm alles vor der Nase weg, so daß er nichts säen konnte. Im dritten Jahre pachtete er zusammen mit einem Kaufmann von den Bauern Weideland; sie hatten es schon aufgepflügt, als die Bauern plötzlich einen Prozeß anfingen, und so war alle Mühe verloren. ›Wenn ich eigenes Land hätte,‹ dachte er, ›brauchte ich mich vor niemand zu bücken und hätte diesen Ärger nicht.‹

Nun begann Pachom Erkundigungen einzuziehen, wo er sich Land zu Erb und Eigen kaufen könnte. Er stieß auf einen Bauern, der erst vor kurzem fünfhundert Dessjatinen gekauft hatte, aber in Not geraten war und das Land billig verkaufen mußte. Pachom unterhandelte mit dem Bauern. Sie handelten lange hin und her und einigten sich schließlich auf die Summe von tausend Rubel, wobei die Hälfte des Betrages in Raten zu zahlen war. Das Geschäft war beinahe abgeschlossen, als bei Pachom eines Tages ein durchreisender Kaufmann einkehrte, um seinen Pferden Futter zu geben. Sie tranken Tee und kamen ins Gespräch. Der Kaufmann erzählte, daß er aus dem fernen Baschkirenland komme. Er hätte dort von den Baschkiren fünftausend Dessjatinen Land gekauft, das Ganze hätte nur tausend Rubel gekostet. Pachom begann ihn auszufragen. Der Kaufmann erzählte:

»Ich habe das Land so billig bekommen, weil ich zuvor die Gemeindeältesten beschenkt habe: sie bekamen von mir Teppiche und Kaftane für etwa hundert Rubel, eine Kiste Tee, und solche, die Branntwein trinken, bewirtete ich mit Branntwein. Auf diese Weise bekam ich die Dessjatine zu zwanzig Kopeken.«

Er zeigte ihm den Kaufvertrag und sagte noch: »Das Land liegt an einem Fluß und ist gutes Steppenland.«

Pachom fragte ihn weiter aus, und der Kaufmann sagte: »Es gibt dort so viel Land, daß man es auch in einem Jahre nicht umgehen kann. Alles gehört den Baschkiren. Die Leute sind stumpfsinnig wie die Hammel. Man kann das Land von ihnen beinahe umsonst haben.«

›Nun,‹ denkt sich Pachom, ›warum soll ich für meine tausend Rubel fünfhundert Dessjatinen kaufen und mir dabei noch eine Schuld auf den Hals laden, wenn ich dort für das gleiche Geld viel mehr bekommen kann?‹

5

Pachom erkundigte sich, wie man zu den Baschkiren käme; kaum war der Kaufmann fort, als er sich zur Reise zu rüsten begann. Er vertraute die ganze Wirtschaft seiner Frau an und nahm einen seiner Knechte auf die Reise mit. Sie fuhren zuerst in die Stadt und kauften eine Kiste Tee, Geschenke und Branntwein – alles, wie der Kaufmann gesagt hatte. Sie fuhren und fuhren und legten an die fünfhundert Werst zurück. Am siebenten Tage kamen sie in das Zeltlager der Baschkiren. Alles war wirklich so, wie der Kaufmann erzählt hatte. Die Baschkiren wohnen in der Steppe, am Flusse, in Zelten aus Filz. Sie treiben keinen Ackerbau und essen kein Brot. In der Steppe weiden ihre Vieh- und Pferdeherden. Hinter den Zelten sind die Füllen angebunden, und zweimal am Tage treibt man die Stuten zu ihnen hin. Die Stuten werden gemolken, und aus der Milch wird Kumys bereitet. Die Weiber rühren den Kumys und machen daraus Käse; die Männer tun aber nichts als Kumys und Tee trinken, Hammelfleisch essen und Flöte blasen. Es sind lauter gesunde, lustige Leute, die den ganzen Sommer lang feiern. Das Volk ist ganz ungebildet, versteht kein Russisch, ist aber sehr freundlich.

Kaum hatten die Baschkiren Pachom erblickt, als sie alle aus ihren Zelten herauskamen und den Gast umringten. Unter ihnen fand sich auch ein Dolmetsch. Pachom ließ ihn den Leuten sagen, daß er des Landes wegen gekommen sei. Darob freuten sich die Baschkiren sehr; sie nahmen ihn bei den Händen, führten ihn in ein schönes Zelt, setzten ihn auf Teppiche und Daunenkissen, ließen sich dann alle um ihn im Kreise nieder und bewirteten ihn mit Kumys und Tee. Sie schlachteten auch einen Hammel und gaben ihm das Fleisch zu essen. Pachom holte aus seinem Wagen die mitgebrachten Geschenke hervor und verteilte sie unter die Baschkiren. Ein jeder bekam ein Geschenk und etwas Tee. Da freuten sich die Baschkiren. Sie sprachen lange miteinander in ihrem Kauderwelsch und ließen dann den Dolmetsch sprechen.

»Sie lassen dir sagen,« sagte der Dolmetsch, »daß sie dich liebgewonnen haben und daß es bei uns Sitte ist, jedem Gast jeden Gefallen zu erweisen und ihm für seine Geschenke Gegengeschenke zu machen. Du hast uns beschenkt; sage uns nun, was dir von unserem Besitz am besten gefällt, damit wir es dir geben.«

»Am besten gefällt mir euer Land,« entgegnete Pachom. »Bei uns zu Hause ist es eng, und der Boden ist erschöpft; bei euch gibt es aber viel Land, und der Boden ist so gut, wie ich noch keinen gesehen habe.«

Der Dolmetsch übersetzte es. Die Baschkiren sprachen wieder lange miteinander. Pachom verstand davon kein Wort, sah aber, daß sie sehr lustig waren: sie schrien und lachten. Dann wurden sie wieder still, blickten alle auf Pachom, und der Dolmetsch sagte:

»Sie lassen dir sagen, daß sie bereit sind, dir für deine Freundlichkeit so viel Land zu geben, wie du magst. Zeige nur mit der Hand, welches Land dir am besten gefällt, und es ist dein.«

Sie sprachen noch eine Weile und schienen in Streit geraten zu sein. Pachom fragte, worüber sie stritten. Und der Dolmetsch sagte:

»Die einen sagen, daß man erst den Ältesten fragen müsse und ohne seine Erlaubnis nichts hergeben dürfe; die andern meinen aber, man könne es auch ohne ihn entscheiden.«

6

Während die Baschkiren so stritten, kam plötzlich ein Mann in einer Fuchsfellmütze ins Zelt. Alle verstummten und erhoben sich. Und der Dolmetsch sagte:

»Es ist der Älteste selbst!«

Pachom holte gleich den schönsten Kaftan hervor und überreichte ihn dem Ältesten; auch fünf Pfund Tee gab er ihm. Der Älteste nahm die Geschenke an und setzte sich auf den Ehrenplatz. Die Baschkiren begannen ihm sofort etwas zu erzählen. Der Älteste hörte sie an, nickte mit dem Kopfe, daß sie schweigen sollten, und sagte zu Pachom russisch:

»Nun, ich habe nichts dagegen. Nimm dir Land, wo es dir beliebt; wir haben genügend da.«

Pachom dachte: ›Was heißt das, daß ich mir so viel nehmen darf, wie ich mag? Man muß es doch irgendwie schriftlich abmachen. Sonst können sie heute sagen, daß es mir gehört, und es mir morgen wieder abnehmen.‹

»Ich danke euch für die freundlichen Worte,« sagte er. »Ihr habt ja viel Land, und ich brauche nur wenig. Ich muß aber genau wissen, welches Stück mir gehört. Man muß es irgendwie abgrenzen und auf meinen Namen einschreiben. Gott ist ja Herr über Leben und Tod. Ihr seid gute Leute und gebt mir das Land; vielleicht kommen aber einmal eure Kinder und nehmen es mir wieder weg.«

»Du hast recht,« entgegnete der Älteste, »man kann es ja auch schriftlich abmachen.«

Pachom sagte weiter:

»Ich habe gehört, daß euch neulich ein Kaufmann besucht hat. Ihr habt ihm gleichfalls etwas Land geschenkt und einen Vertrag darüber abgeschlossen; ich möchte es gern auch so machen.«

Der Älteste begriff alles.

»Das kann man wohl machen,« sagte er, »wir haben auch einen Schreiber; wir wollen in die Stadt fahren und alles besiegeln.«

»Und welchen Preis verlangt ihr dafür?« fragte Pachom.

»Wir haben nur einen Preis: tausend Rubel für den Tag.«

Pachom verstand es nicht.

»Was ist denn der Tag für ein Maß? Wieviel Dessjatinen sind es?«

»Wir verstehen so nicht zu rechnen,« erwiderte der Älteste.

»Wir verkaufen so: Wieviel Land du an einem Tage umgehen kannst, soviel gehört dir. Und ein Tag kostet tausend Rubel.«

Pachom wunderte sich.

»In einem Tage,« sagte er, »kann man ja ein sehr großes Stück Land umgehen.«

Der Älteste lachte:

»Ja, und alles soll dir gehören! Wir machen aber noch eine Bedingung aus: Wenn du am gleichen Tage nicht auf die Stelle zurückkommst, von der du ausgegangen bist, so ist dein Geld verfallen.«

»Wie wollt ihr euch den Weg merken, den ich gegangen bin?« sagte Pachom.

»Sehr einfach: Wir werden uns auf dem Fleck, den du wählst, aufstellen und warten, bis du ein Stück Land umgangen hast. Du nimmst eine Hacke mit und bringst, wo es nötig ist, Grenzmarken an: an den Ecken gräbst du den Rasen auf, und wir werden hinterdrein mit dem Pfluge von Marke zu Marke Furchen ziehen. Du kannst einen beliebig großen Kreis machen, doch mußt du vor Sonnenuntergang an den gleichen

Ort zurückkommen, von dem du ausgegangen bist. Alles, was du umgangen hast, ist dein!«

Pachom freute sich. Sie beschlossen, früh am Morgen hinauszugehen. Sie sprachen noch eine Zeitlang miteinander, tranken Kumys, aßen Hammelfleisch und tranken Tee. So wurde es Nacht. Die Baschkiren bereiteten Pachom ein Lager auf einem Daunenpfühl und gingen auseinander. Man verabredete, am nächsten Morgen zeitig aufzubrechen, um den Ort noch vor Sonnenaufgang zu erreichen.

7

Pachom legte sich auf sein Lager, konnte aber keinen Schlaf finden. Er mußte immer an sein Land denken: ›Ich werde mir ein gehöriges Stück Land einheimsen. An einem Tage kann ich ja leicht fünfzig Werst machen. Die Tage sind jetzt so lang wie Jahre; und in einem Kreise von fünfzig Werst ist viel Land enthalten! Das schlechtere Land will ich verkaufen oder an Bauern verpachten, das bessere behalte ich für mich.

Ich schaffe mir zwei Gespann Ochsen an und halte mir noch zwei Knechte; an die fünfzig Dessjatinen will ich bebauen und auf dem übrigen Lande mein Vieh weiden lassen.‹

Erst kurz vor Tag schlummerte Pachom ein. Und er hatte einen Traum. Er lag, so träumte ihm, in diesem selben Zelt und hörte draußen jemand laut lachen. Er wollte sehen, wer es sei, stand auf, ging hinaus und sah den Ältesten der Baschkiren vor dem Zelt sitzen. Er hielt sich mit beiden Händen den Bauch und schüttelte sich vor Lachen. Pachom ging auf ihn zu und fragte: »Worüber lachst du denn?« Es war aber gar nicht der Älteste, sondern jener Kaufmann, der ihn kürzlich besucht und ihm vom Baschkirenland erzählt hatte. Er fragte den Kaufmann: »Bist du lange hier?« Nun war es gar nicht der Kaufmann, sondern jener Bauer aus dem Wolgagebiet, der noch in der alten Heimat zu ihm gekommen war. Und plötzlich sah Pachom, daß es auch gar nicht der Bauer war, sondern der Teufel selbst, mit Hörnern und Hufen. Der Teufel lachte, und vor ihm lag ein Mann, barfuß, nur mit Hemd und Hose bekleidet. Pachom sah genauer hin: Was mochte es für ein Mensch sein? Und er sah – der Mann war tot und war niemand anders als er selbst. Pachom erschrak und erwachte. Als er ganz wach war, sagte er sich: ›Was es doch nicht alles für Träume gibt!‹ Er blickte sich um und sah durch die offene Tür, daß es schon tage. ›Ich muß die Leute wecken,‹ dachte er, ›denn es ist Zeit, aufzubrechen.‹ Pachom stand auf, weckte seinen Knecht, der im Wagen schlief, befahl ihm einzuspannen, und ging, die Baschkiren zu wecken.

»Es ist Zeit,« sagte er, »in die Steppe hinauszufahren, um mein Land abzumessen.«

Die Baschkiren standen auf und versammelten sich vor dem Zelt; auch der Älteste kam herbei. Sie begannen wieder Kumys zu trinken und boten Pachom Tee an; er wollte aber keine Zeit verlieren.

»Wenn wir hinausfahren wollen, müssen wir es gleich tun,« sagte er, »denn es ist höchste Zeit!«

<h1 style="text-align:center">8</h1>

Die Baschkiren machten sich fertig, brachen auf und fuhren teils im Wagen, teils ritten sie nebenher. Pachom fuhr mit dem Knecht in seinem Wagen; sie nahmen auch Hacken mit. Wie sie in die Steppe kamen, rötete sich eben der Osten. Sie fuhren einen Hügel, einen ›Schichan‹, wie es in der Baschkirensprache heißt, hinauf, stiegen von den Pferden und Wagen und kamen an einem Platze zusammen. Der Älteste ging auf Pachom zu, zeigte mit der Hand und sagte:

»Dieses ganze Land, so weit dein Blick reicht, gehört uns. Wähle dir nun ein Stück nach deinem Geschmack.«

Pachoms Augen brannten vor Verlangen; es war lauter gutes Steppenland, glatt wie eine Handfläche, schwarz wie Mohnkörner; in den Vertiefungen wuchsen Gräser verschiedener Art, die einem bis an die Brust reichten.

Der Älteste nahm seine Fuchsfellmütze ab und legte sie auf den Boden.

»Das soll unser Merkzeichen sein,« sagte er. »Von hier sollst du ausgehen und hierher wieder zurückkommen. Was du umgehst, gehört dir.«

Pachom holte sein Geld aus der Tasche, legte es auf die Mütze, zog den Kaftan aus und behielt nur sein Unterkleid an. Er schnallte den Gürtel fester um den Leib, steckte sich ein Säckchen mit Brot in den Busen, band sich eine Kürbisflasche mit Wasser an den Gürtel, zog die Stiefelschäfte höher hinauf, reckte sich, nahm aus den Händen des Knechtes die Hacke und stand so marschbereit da. Er überlegte sich noch, welche Richtung er einschlagen sollte – denn das Land war überall von gleicher Güte. Er sagte sich schließlich: ›Es ist ja wirklich einerlei; ich gehe dem Sonnenaufgang zu.‹ Er stellte sich mit dem Gesicht nach Osten, reckte sich und wartete, daß ein Rand der Sonnenscheibe zum Vorschein käme. ›Ich will keine Zeit verlieren‹, sagte er sich; ›solange es noch kühl ist, geht es sich viel leichter.‹ Kaum schossen die ersten Sonnenstrahlen am Himmelsrande hervor, als Pachom die Hacke auf die Schulter nahm und in die Steppe ging.

Pachom ging nicht zu schnell und nicht zu langsam. Als er eine Werst weit gegangen war, grub er ein Loch und schichtete einige Rasenstücke übereinander auf, damit das Zeichen von weitem sichtbar sei. Dann ging er weiter. Seine Glieder waren durch die

Bewegung gelenkiger geworden. Er war allmählich in Schwung gekommen und beschleunigte seine Schritte. Er ging noch eine Strecke weiter und grub dann das zweite Loch.

Pachom blickte sich um. Er konnte im Sonnenlichte gut den Hügel sehen, auch die Leute und selbst das Funkeln der eisenbeschlagenen Räder. Pachom schätzte die Strecke, die er zurückgelegt, auf fünf Werst. Es war ihm wärmer geworden; er zog daher auch das Unterkleid aus, warf es über die Schulter und ging weiter. Nun wurde es heiß. Er blickte auf die Sonne – es war gerade die Stunde, Brotzeit zu machen.

›Nun ist gerade ein Viertel des Arbeitstages verstrichen‹, dachte Pachom. ›Es ist noch zu früh, einzubiegen. Ich will mir nur die Stiefel ausziehen.‹ Er setzte sich, zog sich die Stiefel aus, befestigte sie am Gürtel und ging weiter. ›Ich will noch an die fünf Werst gehen und dann links einbiegen. Hier ist der Boden gar zu gut; es wäre schade, wenn ich schon hier einbiegen wollte. Je weiter ich gehe, um so besser scheint das Land.‹ Er ging noch eine Strecke geradeaus und blickte sich um: der Hügel war kaum noch zu sehen; die Leute darauf erschienen wie Ameisen, und die Wagenräder glänzten kaum merklich in der Sonne.

›In dieser Richtung‹, sagte sich Pachom, ›habe ich genug; jetzt heißt es einbiegen! Ich bin ganz in Schweiß gebadet. Ich will etwas Wasser trinken.‹ Er blieb stehen, grub ein etwas größeres Loch, schichtete die Rasenstücke übereinander, band die Kürbisflasche vom Gürtel, trank und bog dann scharf nach links ein. Er ging und ging, geriet in hohes Gras; es wurde aber immer heißer.

Pachom begann Müdigkeit zu spüren; er blickte auf die Sonne und sah, daß es just die Mittagsstunde war. ›Nun, jetzt darf ich wirklich etwas ausruhen!‹ Pachom blieb stehen und setzte sich. Er aß Brot, trank Wasser, legte sich aber nicht hin, denn er sagte sich: ›Wenn ich mich hinlege, kann ich unversehens einschlafen.‹ Er saß eine Weile und ging dann weiter. Anfangs fiel ihm das Gehen leicht, denn das Mittagbrot hatte ihn gestärkt. Es war ihm aber sehr heiß, auch wurde er nach und nach schläfrig. Er ging aber rüstig vorwärts und dachte: ›Die Mühe ist kurz, doch das Leben lang.‹

Nachdem er auch in dieser Richtung eine weite Strecke zurückgelegt hatte, wollte er wieder nach links einbiegen; da stieß er aber auf eine feuchte Talsenke; es war schade, sie aufzugeben. Er dachte sich: ›Hier muß Flachs gut gedeihen.‹ Und er ging noch weiter in der gleichen Richtung. Er nahm also auch noch die feuchte Stelle in seinen Kreis auf, grub wieder ein Loch und machte den zweiten Winkel. Pachom blickte zu dem Hügel zurück: es war dunstig geworden, die Luft schien in der Sonnenglut zu zittern, und durch den Dunst hindurch konnte man die Leute auf dem Hügel kaum sehen.

›Ich habe die ersten beiden Seiten zu lang gemacht,‹ sagte sich Pachom, ›die dritte Seite muß kürzer werden.‹

Er ging nun schneller, um noch die dritte Seite des Vierecks abzuschreiten. Er sah auf die Sonne: sie neigte sich der Vesperzeit zu. Auf der dritten Seite hatte er aber erst kaum zwei Werst zurückgelegt, und bis zum Ausgangspunkt blieben noch immer fünfzehn Werst.

›Nein,‹ sagte er sich, ›so geht es nicht: wenn es auch ein schiefes Stück wird, ich muß jetzt geradeaus aufs Ziel zugehen. Daß es nur nicht zuviel wird! Ich habe ja auch schon jetzt genug.‹ Pachom grub schnell ein Loch und ging geradeswegs auf den Hügel zu.

9

Pachom geht also auf den Hügel zu, und das Gehen fällt ihm immer schwerer: er schwitzt, die bloßen Füße sind zerschunden und wollen ihm nicht mehr gehorchen. Er will gern ein wenig ausruhen, darf es aber nicht mehr, sonst kann er vor Sonnenuntergang nicht zurück sein. Die Sonne wartet nicht und sinkt immer tiefer.

›Habe ich nicht doch einen Fehler gemacht und mir zuviel Land genommen? Wenn ich nur nicht zu spät komme!‹

Er blickt bald auf den Hügel, bald auf die Sonne: bis zum Ziel ist es noch weit, die Sonne steht aber schon dicht über dem Steppenrand. Pachom geht mit großer Mühe und beschleunigt dennoch immer seine Schritte. Er geht und geht, die Entfernung bleibt aber immer die gleiche; nun fängt er an zu laufen. Er wirft das Unterkleid, die Stiefel, die Kürbisflasche und die Mütze weg und behält nur die Hacke, um sich auf sie zu stützen.

›O weh,‹ sagt er sich, ›ich war zu gierig, habe die ganze Sache verdorben, werde vor Sonnenuntergang nicht hinkommen.‹ Die Angst benimmt ihm den Atem. Er rennt, was er rennen kann; Hemd und Hose kleben ihm am Leibe, sein Mund ist wie ausgetrocknet, die Brust arbeitet wie ein Schmiedebalg, das Herz hämmert, und die Beine wollen ihn nicht tragen und knicken ein. ›Daß ich nur vor Anstrengung nicht noch sterbe!‹ denkt er voller Angst. Er fürchtet zu sterben, kann aber nicht mehr stehen bleiben.

›Ich bin schon so weit gelaufen,‹ denkt er, ›und wenn ich jetzt stehen bleibe, werden mich die Leute einen Narren nennen!‹

Er läuft und läuft, erreicht beinahe den Hügel und hört, wie ihn die Baschkiren mit Kreischen und Schreien antreiben. Von diesem Geschrei brennt sein Herz noch mehr. Pachom läuft mit den letzten Kräften, die Sonne erreicht aber schon den Steppenrand, sieht durch den Dunst ganz groß und blutrot aus. Jeden Augenblick kann sie untergehen. Er hat aber nicht mehr weit zu laufen. Pachom sieht die Leute auf dem Hügel stehen; sie winken ihm und treiben ihn an. Er sieht auch die Fuchsfellmütze auf der Erde, sieht sein Geld auf ihr liegen, sieht den Ältesten auf der Erde sitzen und sich mit beiden Händen den Bauch halten. Pachom muß an seinen Traum denken. Er sagt sich:

›Nun habe ich viel Land; ob es mir aber von Gott beschieden ist, darauf zu leben? Wehe! Ich habe mich zugrunde gerichtet, erreiche den Hügel nicht mehr . . .‹

Pachom blickt wieder auf die Sonne: sie berührt schon die Erde, und ein Stück an ihrem Rande ist bereits abgeschnitten. Pachom nimmt seine letzten Kräfte zusammen, beugt sich mit dem ganzen Körper vor, so daß seine Beine kaum mitkommen können. Wie Pachom den Hügel erreicht, wird es plötzlich dunkel. Er blickt zurück – die Sonne ist schon untergegangen. Pachom stöhnt auf: »Umsonst war meine ganze Mühe!« Er will stehen bleiben, hört aber die Baschkiren noch immer schreien. Es fällt ihm ein, daß es ihm nur unten so scheint, als sei die Sonne schon untergegangen; vom Hügel kann man sie noch sehen. Pachom holt Atem und läuft den Hügel hinauf. Oben ist es noch hell. Er erreicht den Gipfel und sieht die Mütze. Vor der Mütze sitzt der Älteste, schüttelt sich vor Lachen und hält sich mit den Händen den Bauch. Wieder muß Pachom an seinen Traum denken. Er stöhnt auf, die Beine knicken ihm ein, und er fällt hin, berührt aber mit den beiden Händen gerade noch die Mütze.

»Gut gemacht!« schreit der Älteste. »Viel Land hast du gewonnen.«

Pachoms Knecht kam gelaufen, wollte ihn aufheben, aber Pachom lag tot da, und aus seinem Munde rann Blut. Die Baschkiren schnalzten mit den Zungen und sprachen ihr Bedauern aus.

Der Knecht nahm die Hacke, grub Pachom ein Grab, genau so lang wie das Stück Erde, das er mit seinem Körper, von den Füßen bis zum Kopf, bedeckte – sechs Ellen – , und scharrte ihn ein.

Herr und Knecht

I.

Es war an einem kirchlichen Feiertage der siebziger Jahre, am zweiten Tage nach dem Nikolaifest.

Das war ein geschäftiger Tag für den Gastwirt und Kaufmann zweiter Gilde Wassilij Andrejitsch Brechunow. Als Kirchenältester mußte er früh dem Gottesdienst beiwohnen und dann zu Hause seinen Pflichten als Wirt nachkommen.

Als nun aber endlich der letzte Gast – sie bestanden zumeist aus Verwandten und Bekannten – sein Haus verlassen hatte, traf Wassilij Andrejitsch sofort seine Vorbereitungen, um einen in der Nähe wohnenden Gutsbesitzer aufzusuchen, mit dem er einen Holzhandel abschließen wollte, der schon lange geschwebt.

Er hatte deshalb plötzlich so große Eile, weil er gehört hatte, daß Händler aus der Stadt ihm bei dem günstigen Kaufe zuvorkommen wollten. Zehntausend Rubel hatte der junge Gutsbesitzer als Kaufpreis festgesetzt, während Wassilij Andrejitsch nur siebentausend geben wollte, welche Summe aber nur den dritten Teil vom Wert des Waldes repräsentierte.

Der Wald grenzte an Wassilij Andrejitschs Besitz, und da unter den Landleuten der Umgegend das stillschweigende Uebereinkommen bestand, daß keiner den anderen bei einem derartigen Kaufe überbot, so hätte Wassilis recht gut den Preis noch niederdrücken können, wenn nicht Käufer aus der Hauptstadt ebenfalls das Gorjatschkinsche Holz zu kaufen beabsichtigten. Es galt ihnen zuvorzukommen und die Sache mit dem Eigentümer so schnell wie möglich ins reine zu bringen.

Und so steckte Wassilij Andrejitsch, sobald er sich frei sah, siebenhundert Rubel in seine Brieftasche, legte dazu zweitausenddreihundert Rubel aus der in seiner Verwaltung befindlichen Kirchenkasse, zählte das Geld nochmals sorgfältig durch und machte sich dann reisefertig.

Nikita, der einzige heute nicht betrunkene Knecht Wassilijs, erhielt den Befehl, anzuspannen.

Der Arbeiter Nikita, ein notorischer Trunkenbold, war an diesem Tage nüchtern, weil er das Trinken abgeschworen hatte. Am letzten Tage vor dem Fasten hatte er nämlich seine sämtlichen Kleidungsstücke, ein paar Lederstiefeln eingerechnet, vom Leibe weg vertrunken und darnach – es war bereits zwei Monate her – einen heiligen Eid gethan, keinen Branntwein mehr anzurühren. So groß auch die Versuchung war – denn es wurde an den Feiertagen viel getrunken – Nikita hatte ihr bisher widerstanden.

Obgleich er aller Orten wegen seines Fleißes, seiner Geschicklichkeit und Ausdauer, hauptsächlich aber infolge seines freundlichen, ehrlichen Wesens bekannt war, wechselte er seine Stellungen doch ungemein oft, denn mindestens zweimal im Jahre fröhnte er seinem Laster, der Trunksucht, aufs Ausgiebigste, wobei er dann nicht nur das Hemd vom Leibe vertrank, sondern auch händelsüchtig und widerspenstig wurde.

Auch Wassilij Andrejitsch hatte ihm schon öfters den Laufpaß gegeben, sich aber immer wieder eines besseren besonnen, da Nikita in seiner Ehrlichkeit und seiner Liebe bei den Tieren wirklich seines Gleichen suchte; vorzüglich aber schätzte ihn der Wirt wegen seiner Billigkeit.

Nikita erhielt nämlich nicht achtzig Rubel Lohn, wie das für solche Arbeiter üblich war. sondern nur vierzig, und auch die nicht regelmäßig. Eine Abrechnung fand niemals statt; hie und da wurde ihm eine kleine Summe ausgezahlt, meist aber entnahm er Waren, die ihm jedoch sehr teuer angerechnet wurden.

Nikita war verheiratet. Zwar ließ sein Weib, Marsa, eine hübsche, flotte Bauernfrau, die Mutter von zwei kleinen Mädchen und einem Jungen, ihren Mann nicht bei sich zu Hause leben, denn erstens hatte sie schon seit zwanzig Jahren reichlichen Ersatz in einem Böttcher gefunden, der bei ihr wohnte, und zweitens fürchtete sie Nikita viel zu sehr. Für gewöhnlich ließ er sich ja von ihr um den Finger wickeln, begann er aber zu trinken, so war die Freundschaft aus, und sie scheute ihn, wie das Feuer.

Wahrscheinlich um sich für sein gewöhnlich so bescheidenes Wesen zu rächen, hatte Nikita einst, nachdem er der Branntweinflasche tüchtig zugesprochen, heimlich den Schrank seiner Frau aufgesprengt und ihren besten Putz nebst all ihren Sarafanen und übrigen Kleidern mit einem Beil auf dem Hackklotz zu Fetzen zerhackt.

Von seinem so wie so schon spärlichen Lohne bekam Nikita selten etwas zu sehen; seine Frau ließ ihn sich auszahlen, und er ließ es ohne Widerspruch geschehen.

Auch jetzt, einige Tage vor dem Feste, hatte Marsa sich in Wassilijs Laden eingestellt und Mehl Thee, Zucker und ein achtel Branntwein eingekauft. Außer diesen Waren hatte sie sich noch fünf Rubel bares Geld erbeten, die sie mit wortreichem Dank wie ein gnädiges Geschenk hinnahm, obgleich ihr rechtmäßig mindestens zwanzig Rubel zukamen.

»Wir brauchen nichts miteinander zu vereinbaren,« pflegte Wassilij zu Nikita zu sagen. »Fehlt es Dir an Geld, nun, so komm zu mir. Du kannst es dann abarbeiten. Bei mir ist es nicht wie bei anderen Dienstherren: große Abrechnung, warten oder Strafgelder, die giebts hier nicht – wir sind doch ehrliche Leute! Du dienst mir, ich stehe Dir in der Not bei. Bei mir wirst Du stets Hilfe finden.«

Niemand war mehr überzeugt von den Wohlthaten, die Nikita bei ihm genoß, als Wassilij Andrejitsch selber; seine eigenen Worte bestärkten ihn immer wieder in diesem Glauben, und Nikita selbst wurde nicht müde, ihm zu danken.

Zwar wußte der letztere sehr wohl, daß sein Herr ihn betrog, zugleich fühlte er sich aber auch außer Stande, mit ihm abzurechnen, so lange er keine andere sichere Stellung hatte. Er ließ deshalb die Dinge gehen, wie sie wollten und pflegte auf Wassilijs Reden zu erwidern:

»Ja, ja, ich weiß, Wassilij Andrejitsch, daß ich Dir diene, aber ich diene Dir, wie ein Kind seinem Vater.«

So standen die Dinge an dem Tage, da unsere Geschichte beginnt. So munter und leicht, als seine etwas wackeligen Beine es ihm erlaubten, schritt Nikita, gehorsam und willig wie immer, in den Schuppen, um den eben erhaltenen Befehl seines Herrn auszuführen und den Wagen anzuspannen. Das schwere Geschirr auf dem Arme, stellte sich der Knecht vor das Pferd hin, das er anspannen sollte.

»Hast wohl Langeweile, Närrchen?« erwiderte er als Gegengruß auf das leise Wiehern, mit dem das Tier, ein wohlgebauter, glatter, dunkelbrauner Hengst, ihn begrüßte. »Na, na, nur langsam voran, mein Tierchen! Erst sollst Du etwas zu trinken haben!« fuhr er freundlich, als ob er zu einem Menschen spräche, fort und strich liebkosend mit dem Rockärmel über den feisten, staubigen Rücken des Tieres. Dann befestigte er den Zaum um den zierlichen Kopf, zog Ohren und Mähne durch und führte es nach dem Brunnen. Kaum sah Gelbmaul – so genannt wegen seinem gelblichen Maule – den Stall hinter sich, in welchem der tiefliegende Dünger seine freien Bewegungen hinderte, so begann er zu tänzeln und hinten auszuschlagen, so daß es den Anschein hatte, als würde er Nikita, der mit ihm im Galopp nach der Tränke rannte, mit dem Hinterbeine schlagen.

Der Knecht aber wußte schon, daß der Braune nur so weit ausschlug, daß er den Schafpelz berührte, was ihm übrigens große Freude zu machen schien, und rief deshalb vergnügt:

»Ja, freu dich nur, du Närrchen du, jetzt geht's fort!«

Schnaubend und pustend stand Gelbmaul, nachdem er sich an dem kühlen Wasser gütlich gethan hatte, noch einen Augenblick still und schüttelte energisch mit dem Kopf, so daß die Tropfen wie ein glänzender Regen von seinem Maule niedersprühten.

»Nun, wenn du satt bist, dann ist's ja gut – genötigt wird hier nicht weiter!« redete Nikita eindringlich auf das Pferd ein, setzte sich dann wieder in Trab und lief mit dem mutwilligen jungen Pferd, von dessen Hufschlägen der ganze Hof erdröhnte, wieder nach dem Schuppen zurück.

Zögernd stand er hier eine Weile still und sah wie hilfesuchend um sich. Nirgends war einer der Knechte zu sehen, nur der Mann der Köchin, der während der Feiertage seine Frau besuchen wollte, stand in der Nähe.

»Gutes Seelchen,« sprach Nikita bittend zu dem Fremden, »frag ihn doch, ob er den großen oder den kleinen Schlitten befiehlt!«

Bald darauf kehrte der Abgesandte mit dem Bescheid zurück, daß der kleine angespannt werden sollte.

Das Pferd trug nun schon das Kumt, und auf dem Rücken das nägelbeschlagene Polster; eilig führte es nun der Knecht, der in der anderen Hand das buntgefärbte Krummholz trug, nach dem weiter hinten im Schuppen stehenden Schlitten.

»Also den kleinen – den Schlitten will er,« murmelte Nikita und schob das tänzelnde Tier, das sich beständig drehte und wendete, wie um hin zu beißen, zwischen die beiden Deichseln, wo er es mit Hilfe des fremden Mannes einspannte.

Schon war alles soweit fertig, daß der Schlitten vorfahren konnte, da schickte Nikita den Mann der Köchin noch in die Scheune nach Stroh und in den Kutscherraum nach einer Decke.

»Schön Dank! Na, na, werd' nur nicht wild!« beruhigte Nikita das Pferd, das Haferstroh im Schlitten feststampfend. »Nun werd ich die Sackleinwand darüber breiten,« fuhr er fort, »und darauf die schöne weiche Decke. Das ist doch ein prächtiger Sitz geworden,« fügte er wohlgefällig hinzu, als alles fertig war, und sich zum Mann der Köchin wendend: »Vielen Dank, gute Seele! Es ist doch wirklich wahr, daß zwei immer schneller fertig werden, als einer.«

Nun stieg Nikita auf den Kutschersitz, faßte die beiden zusammengeschlungenen Zügel und führte das Rößlein, das schon ungeduldig zu werden begann, über den hartgefrorenen Hof dem Thore zu.

Da kam mit eiligen Schritten ein ungefähr siebenjähriger Junge aus der Hausflur gelaufen, schlug die Thür schallend zu und schrie so laut er konnte:

»Onkel Nikit! Onkelchen, mein Onkelchen!«

Der kleine Schelm trug neue weiße Filzstiefel, eine warme Mütze und knöpfte jetzt behend, als der Angeredete sich umschaute, sein kleines schwarzes Pelzchen zu, indem er bittend fortfuhr: »Setz mich in den Schlitten, Onkelchen!«

»Na, da komm, mein Täubchen, komm!« erwiderte Nikita, brachte das Pferd zum Stehen und hob das Söhnchen seines Herrn, dem die helle Freude aus den Augen strahlte, in den Schlitten. Darnach fuhr er auf die Straße hinaus.

Die Uhr schlug drei. Es war scharfer Frost – zehn Grad Kälte – und ein schneidend kalter Wind wehte auf der Straße. Vom Dach des naheliegenden Schuppens wirbelte eine Schneemasse herunter, und an der Ecke beim Badehause fegte der Wind den Schnee empor.

Sobald der Schlitten vor der Freitreppe hielt, erschien auch schon Wassilij Andrejitsch mit der Zigarrette im Munde. Wohlverwahrt in einen tuchbezogenen Schafpelz, der, von einem Ledergurt zusammengehalten, fest am Körper anschloß, trat er auf die Freitreppe, deren Schnee unter seinen Filzstiefeln knirschte, und stand dort einen Augenblick still, um seinen Pelzkragen bis weit über sein frisches, fast ganz glattrasiertes Gesicht zu ziehen. Dabei gab er sich Mühe, die harige Seite so nach innen zu schlagen, daß der Hauch seines Mundes ihn nicht feucht machen konnte.

»Seht einer den Schelm!« rief er lachend und zeigte dabei seine weißen Zähne, »der sitzt wahrlich schon im Schlitten!«

Durch den seinen Gästen zu Ehren genossenen Branntwein war Wassilij Andrejitsch aufgeheitert und betrachtete darum alles, was ihm gehörte und alles, was er that, mit mehr als gewöhnlichem Wohlgefallen. In der Hausflur, bis an die Augen in warme, wollene Tücher gehüllt, stand Wassilij Andrejitschs blasse, hagere Frau – sie befand sich in gesegneten Umständen.

»Willst Du nicht lieber Nikita mitnehmen?« frug sie, aus der Thür tretend, mit scheuem Blick auf ihren Gatten.

Statt aller Antwort spuckte Wassilij Andrejitsch mißbilligend aus.

»Du hast viel Geld bei Dir,« setzte die Frau mit derselben weinerlichen Stimme hinzu, »und es wird ein Unwetter kommen, ich fühle es ganz genau!«

Wassilij Andrejitschs Lippen verzogen sich zu dem bekannten gezwungenen Lächeln, das er sich im Verkehr mit seinen Kunden im Laden angewöhnt hatte.

»Ich kenne doch den Weg und habe keinen Begleiter nötig!« sagte er selbstbewußt, und man hatte bei seinen Worten den Eindruck, daß er sich gern sprechen hörte.

»Ich bitte Dich um Himmelswillen, daß Du ihn mitnimmst!« wiederholte die Frau und hüllte die frierenden Glieder fester in ihr Tuch.

»Da steht sie nun und zittert vor Frost! Na, soll ich Dich mitnehmen?«

»Ich möchte schon gern, Wassilij Andrejitsch,« sagte Nikita, dem man die Freude anmerkte. Zur Hausfrau gewendet, setzte er sorglich hinzu: »Aber vergeßt mir nur nicht die Pferde zu füttern, wenn ich nicht da bin!«

»Ach, Nikituschka, das will ich schon besorgen; ich werde es Semjon befehlen,« beruhigte ihn die Frau.

»Nun, wie steht's?« wendete sich der Knecht jetzt erwartungsvoll an seinen Herrn, »soll ich mitkommen?«

»Was hilft's? Ich muß es schon der Alten zu Gefallen thun. Wenn ich Dich aber mitnehmen soll, so zieh Dir wenigstens schnell etwas Wärmeres an!« rief Wassilij Andrejitsch und warf mit bedeutsamem Lächeln einen forschenden Blick auf Nikitas schmierigen, an Achseln und Rücken zerfetzten Halbpelz, an dessen Schooß die Fransen niederhingen.

»He, gutes Seelchen, dann mußt Du einmal das Pferd halten!« rief Nikita dem Manne der Köchin zu, der noch im Hofe stand.

»Nein, ich – will es halten!« flehte der kleine Knabe, indem er die steifen, kalten Händchen aus den Taschen zog und begierig nach den harten Zügeln faßte.

»Mache Dich nur nicht gar zu schön, daß Du schnell wiederkommst,« rief Wassilij Andrejitsch dem davonlaufenden Nikita lächelnd nach.

»Keine Sorge, Väterchen Wassilij Andrejitsch! Ich bin schnell wieder da,« erwiderte Nikita, schon im Laufen und eilte in seinen schmutzigen, geflickten Filzstiefeln über den Hof nach der Stube der Knechte.

»Schnell, Arinuschka, lang mir meinen Chalat vom Ofen herunter, ich soll schnell mit dem Herrn fahren!« Mit diesen Worten stürzte er in die Gesindestube und zog den Leibriemen vom Nagel herab.

Es war die Köchin, an die Nikita diese Worte richtete. Sie hatte ein langes Nachmittagsschläfchen gehalten und stellte nun den Samovar für ihren Mann zurecht. Angesteckt von Nikitas fröhlicher Eile, zog sie schnell den am Ofen zum Trocknen aufgehängten alten abgeschabten Tuchkaftan herunter, schüttelte schnell den gröbsten Schmutz ab und strich das Kleidungsstück mit den Händen glatt.

»Darin kann ich doch gut mit dem Herrn fahren!« bemerkte Nikita, der allen Leuten, mit denen er in Berührung kam, ein paar freundliche Worte gönnte. Mit größter Geschwindigkeit schlüpfte er in den Kaftan und schnallte den schmalen Ledergurt, indem er den Atem anhielt, fest um seine schon ohnehin spärliche Figur und monologisierte befriedigt, indem er die Enden des Gürtels sicherte: »So, nun steckst du fest. Aufgehen wirst du mir nicht!«

Wie ein Vogel der zu fliegen versucht, hob und senkte er dann die Schultern, um seinen Armen die nötige Bewegungsfreiheit zu verschaffen, zog dann den Burnus über den Halbpelz, streckte und dehnte sich nochmals und griff dann nach den Fausthandschuhen auf dem Wandbrett.

»So, nun ist alles richtig.«

»Willst Du nicht Deine Füße noch besser verwahren, Nikituschka?« mahnte die Köchin noch. »Du hast alte Stiefeln an.«

»Ja, besser wär's schon!« meinte Nikita, indem er sinnend auf seine Fußbekleidung hinabblickte. »Aber es wird auch so gehen, wir fahren ja nicht weit.« Damit rannte er schnell hinaus.

»Du wirst doch nicht frieren, Nikituschka?« sagte die fürsorgliche Hausfrau, die immer noch in der Thür stand.

»Wie kann ich frieren! Mir ist ja ganz warm,« erwiderte der Knecht, zog etwas Stroh unter den Kutschersitz, um seine Füße hineinzupacken und steckte die Peitsche, die das gute Pferd nicht nötig hatte, hinter sich.

Wassilij Andrejitsch, dessen behäbige, in zwei Pelzen steckende Figur fast den ganzen Sitz ausfüllte, zog sofort die Zügel an und brachte das Pferd in Gang. Nikita saß vorn auf der linken Seite; einer seiner Füße hing aus dem Schlitten heraus.

II.

Munter trabte der gute Braune die breite, ausgefahrene Dorfstraße entlang und zog hinter sich den leichten Schlitten her, dessen Kufen auf dem hartgefrorenen Schnee leise knarrten.

»Hat der Schelm sich wirklich da hinten angehängt? Lang mir mal die Peitsche her, Nikita! Wart, Dich will ich kriegen. Lauf schnell heim zur Mutter, Närrchen!« so rief Wassilij Andrejitsch seinem Sohne zu, der sich hinten auf die Schlittenkufe gestellt hatte, und deutlich sprach väterlicher Stolz aus seinen Augen.

Eilends machte sich der Junge davon, und der Herr versetzte das Pferd in noch munterere Gangart.

Das Dörfchen Kresty, in dem Wassilij Andrejitschs Besitztum lag, bestand nur aus sechs Bauernhäusern. Kaum lag das letzte dieser Häuser hinter ihnen – es gehörte dem Schmied – so merkten die beiden Insassen auch schon, daß der Wind viel heftiger blies, als sie geahnt hatten. Man sah in dem wirbelnden Schnee schon fast den Weg nicht mehr; er war nur daran zu erkennen, daß er etwas höher lag als seine Umgebung.

Ueber die Felder fegten ganze Wogen von Schnee; die Schlittenspuren waren im Nu verweht und die Grenze zwischen Himmel und Erde verschwamm in der nächsten

Nähe. Sonst konnte man den Wald von Teljatinsk immer ganz deutlich sehen – heute erschien er in dem Schneestaub nur wie ein düsterer, schwarzer Streifen.

Der von links herkommende Wind trieb hartnäckig den stämmigen, wohlgenährten Hengst zur Seite, wehte ihm Mähne und Schweif aufwärts und schlug immer wieder den langen Burnuskragen Nikitas, der an der linken Seite saß, über seinem Kopfe zusammen.

»Sonst kann er besser ausgreifen; heute hindert ihn der tiefe Schnee,« bemerkte Wassilij Andrejitsch, mit Stolz auf sein schönes Pferd blickend. »Er hat mich einmal in einer halben Stunde bis nach Paschutino gebracht.«

»Wie?«

»Ich sagte, daß ich einmal mit ihm nach Paschutino gefahren bin, und er nur eine halbe Stunde gebraucht hat!«

»Ja, ja, jedermann muß sagen, daß es ein gutes Pferd ist!« stimmte Nikita bei.

Eine Weile fuhren sie in Schweigen weiter; Wassilij Andrejitsch aber schien redselig zu sein.

»Hast Du denn Deinem Weibe auch recht eingeprägt, daß sie dem Böttcher nichts von Deinem Branntwein geben soll?« setzte der Herr die Unterhaltung bald fort. Seiner Meinung nach mußte Nikita sich sehr geehrt fühlen, wenn ein so vornehmer und kluger Mann, wie er, dies sprach. Außerdem gefiel ihm auch sein Scherz so gut, daß ihm die Vermutung, Nikita könnte dies Gesprächsthema nicht lieben, gar nicht in den Sinn kam.

Der Knecht hatte in dem Sturm die Worte seines Herrn abermals nicht verstanden, und Wassilij Andrejitsch wiederholte deshalb fast schreiend seinen guten Witz über den Böttcher.

»Ach, Wassilij Andrejitsch, der Herr sei mit den beiden! Darum kümmere ich mich nicht. Sie mag thun, was sie will, so lange sie nur die Kinder nicht schlecht behandelt.«

»Das ist die Hauptsache,« erwiderte Wassilij Andrejitsch und fuhr dann, dem Gespräch eine andere Wendung gebend, fort: »Nun, wie steht's? Wirst Du Dir nächstes Frühjahr ein Pferd kaufen?«

»Ganz sicher!« bejahte Nikita eifrig. Nun schlug er den Kragen seines Kaftans auseinander und beugte sich so weit als möglich zu seinen Herrn hinüber, um ja alles gut zu verstehen, denn das Gespräch begann ihm interessant zu werden.

»Der Kleine ist nun so groß, daß er allein pflügen kann; bis jetzt mußten wir immer jemand zur Feldarbeit mieten,« erklärte er.

»Du könntest eigentlich den Braunen kaufen, ich laß ihn Dir sehr billig!« schrie Wassilij Andrejitsch, nun auch lebendig geworden, denn jetzt näherte er sich seiner Lieblingsbeschäftigung, die all sein Sinnen in Anspruch nahm – dem Schacher.

»Wenn Sie mir fünfzehn Rubel geben wollten so würde ich mir lieber eins auf dem Pferdemarkt kaufen,« versetzte Nikita ausweichend, denn er wußte, daß der Hengst, den ihm sein Herr anbot, höchstens sieben Rubel wert war, daß er ihm aber sicher mit fünfundzwanzig Rubel angerechnet wurde, und daß er dann ein halbes Jahr keinen Pfennig in seiner Tasche sehen würde.

»Du weißt, daß es ein gutes Pferd ist, und daß ich nur Dein Bestes will!« Ganz nach bestem Wissen und Gewissen! Brechunow bringt niemand zu Schaden. Lieber leide ich selber darunter, denn ich bin nicht unehrlich, wie andere Leute!« So redete er in demselben überzeugenden Tone auf Nikita ein, wie er bei seinen Kunden zu thun pflegte, wenn er sie nicht zu Worte kommen lassen wollte. »Es ist unbedingt ein gutes Pferd!«

»Ja, wie Sie so sind!« sagte Nikita ohne große Begeisterung.

Damit war das Gespräch zu Ende, und nachdem Nikita sich überzeugt hatte, daß es nichts mehr zu hören gab, hüllte er Ohren und Gesicht wieder in seinen Kragen und zog sich in sich selbst zurück. An der Seite, wo sein Pelz zerrissen war, blies der schneidende Wind herein und durchkältete ihn vom Kopf bis zum Fuß.

Er kauerte sich noch mehr zusammen und hauchte in den Kragen, der sein Gesicht umgab; fast schien es ihm, als würde er dadurch wärmer.

»Ob wir wohl über Karamyschewo fahren oder lieber hier geradeaus? Wie denkst Du?« frug Wassilij Andrejitsch.

Der Weg nach Karamyschewo war zweifellos besser: er war breiter und befahrener und hatte zu beiden Seiten hohe Wegzeichen, die vom Schnee nicht verweht werden konnten. Er war jedoch ein gut Teil länger als der andere Weg, der weniger benutzt wurde und dessen Wegzeichen gewiß schon längst verweht waren.

Nikita überdachte die Frage seines Herrn eine Weile.

»Ueber Karamyschewo ist es zwar weiter, aber der Weg ist besser und sicherer,« erwiderte er dann.

»Sind wir einmal durch den Hohlweg, so können wir uns auf dem geraden Weg auch nicht verirren, und dort fährt sich's auch gut.« versetzte Wassilis Andrejitsch, der mehr Lust zu dem kürzeren Wege hatte.

»Machen Sie es, wie Sie wollen,« sagte Nikita und schlug seinen Kragen abermals in die Höhe.

Diesen Rat befolgte Wassilij Andrejitsch auch, und nach einem kurzen Stück schweigsamer Fahrt lenkte er bei einem im Winde schwankenden hohen Eichenzweig, an dem noch die dürren Blätter festsaßen, links ab.

Jetzt hatten sie den Wind fast gerade ins Gesicht, und es fing an zu schneien. Wassilij Andrejitsch auf seinem Kutschersitz blies die Backen dick auf und schnob ganze Wolken weißlichen Hauches in seinen Bart hinab.

Während der nächsten zehn Minuten, die sie schweigend zurücklegten, schlummerte Nikita.

Plötzlich fuhr er, die Augen aufreißend, in die Höhe; ihm war, als hätte sein Herr etwas gesagt.

»Was!« schrie er.

Es erfolgte keine Antwort, denn Wassilij Andrejitsch bog sich tief aus dem Schlitten und musterte, bald vorwärts, bald rückwärts blickend, aufmerksam die nächste Umgebung. Das Pferd hatte seinen munteren Trab aufgegeben und ging mürrisch im Schritt. Die Haare an den Weichen und am Halse glänzten vor Schweiß und waren kraus geworden.

»Was ist denn los?« forschte Nikita nochmals.

»Was ist denn los? Was ist denn los?« höhnte Wassilij Andrejitsch ingrimmig. »Wir müssen vom Wege abgekommen sein; ich sehe ja keine Stangen mehr!«

»Ich werde das untersuchen!« schlug Nikita vor, indem er auch schon gewandt aus dem Schlitten sprang, die Peitsche zur Hand nahm und zunächst nach links ging.

Obwohl der Schnee nicht besonders hoch lag, so daß man überall durchkommen konnte, sank der Knecht doch stellenweise bis an die Kniee ein, und der Schnee drang von oben in seine schlechten Stiefeln. Er scharrte mit den Füßen, stieß mit der Peitsche in den Schnee, ging suchend hin und her und mußte schließlich auf die ungeduldige Frage seines Herrn berichten, daß auf dieser Seite kein Weg zu finden sei. Darauf kehrte er zu dem Schlitten zurück, ging um denselben herum und begann seine Forschungen auf der rechten Seite.

»Ich sehe vor uns etwas Schwarzes; sieh doch nach, was es ist!« rief ihm Wassilij Andrejitsch nach.

Nikita begab sich nach der bezeichneten Stelle; von den hochgelegenen Feldern hatte der Wind etwas lose Erde über den Schnee geweht, der dadurch schwarz erschien. Im Uebrigen fand der Knecht auch hier keine Spur eines betretenen Pfades.

Er ging noch eine Weile prüfend hin und her und kehrte dann schneebedeckt zu seinem Herrn im Schlitten zurück. Bedächtig klopfte er zunächst die kalten weißen

Flocken von seinen Stiefeln ab, schüttelte dieselben dann aus und stieg wieder in den Schlitten.

Nun erst bequemte er sich zum Reden. Entschiedenen Tones sagte er:

»Wir sind zu weit nach links gekommen. Zuerst hatten wir den Wind von der Seite, jetzt bläst er mir direkt ins Gesicht. Sie müssen nach rechts fahren, schloß er in bestimmtem Tone.

Das that Wassilij Andrejitsch denn auch und lenkte das Rößlein nach rechts ab. Doch auch nachdem sie eine Weile gefahren waren, spürten sie noch keinen festen Weg unter sich. Der Sturm blies mit unverminderter Heftigkeit, und der Schnee fiel dichter.

»Mir scheint, wir haben uns ganz verirrt Wassilij Andrejitsch,« hob Nikita nach einer Weile wieder an. Er sagte das in einem Tone, als ob ihm diese Thatsache ganz und gar nicht unangenehm wäre. »Doch was sehe ich!« setzte er plötzlich lebhaft hinzu und deutete mit der Hand auf einen schwarzen Kartoffelstengel, der durch die Schneedecke hindurchspießte.

Schon hatte Wassilij Andrejitsch das dampfende Pferd zum Stehen gebracht und frug begierig:

»Was giebt's?«

»Nichts anderes, als daß wir unter unseren Füßen Sacharjewkasches Feld haben! So weit sind wir vom Wege ab geraten.«

»Ach Dummheit, Du Narr!« ließ sich Wassilij Andrejitsch groben Tones vernehmen. All seine Feinheit, auf die er sich so viel zugute that, schien ihn verlassen zu haben.

»Das ist kein dummes Zeug, sondern die Wahrheit, Wassilij Andrejitsch!« erwiderte Nikita entschiedenen Tones. »Wir fahren über einen Kartoffelacker. Fühlen Sie nicht, wie der Schlitten holperig geht, und sehen Sie nicht dort die Berge ausgerauften Kartoffelkrautes? Ohne Zweifel ist es das zur Fabrik des Sacharjewka gehörige Feld.«

»Ich möchte nur wissen, wie wir hierher gekommen sind!« meinte Wassilij Andrejitsch kopfschüttelnd. »Aber wie nun weiter?«

»Nur immer geradeaus! Fahren Sie gerade aus, da werden wir schon irgendwohin kommen; ist es nicht Sacharjewka, so stoßen wir doch auf das herrschaftliche Pachtgut.«

Wiederum fügte sich der Herr, und der Schlitten bewegte sich in der angedeuteten Richtung vorwärts.

So fuhren sie eine lange Strecke. Bald kreuzten sie grüne Flächen mit Wintersaat, von denen der Schnee hinweggeweht war, bald schmutzig graue Feldraine, bald tiefe

Schneewehen. Dann kamen sie wieder auf Stoppelfelder, von denen noch einzelne dürre Halme aus dem Schnee hervorragten, und endlich lag vor ihnen eine lange, ebene Schneefläche, auf deren gleichmäßigem, blendendem Weiß auch nicht die geringste Unterbrechung zu sehen war. Ueberall Schnee, nur Schnee. Von den eisigen Windstößen getrieben, wirbelte Schnee vom Boden empor, und Milliarden von Schneeflocken schwebten leise vom Himmel zur Erde hernieder.

Den beiden im Schlitten schwindelte fast; bisweilen schienen sie stillzustehen, während die Schneefläche an ihnen vorübertanzte, dann wieder schien es bergab zu gehen, dann bergauf.

Sie schwiegen.

Augenscheinlich begann der Braune zu ermatten; sein durch die Ausdünstung struppig gewordenes Fell war bereift, und er bewegte sich nur noch in müdem Schritt vorwärts. Plötzlich sank er tief ein: er mußte in ein Loch oder einen Wassergraben gesunken sein. Als aber Wassilij Andrejitsch die Zügel anzog, um das Tier zum Stehen zu bringen, rief Nikita munteren Tones:

»Sie wollen es doch nicht anhalten? Was soll denn werden? Es muß doch wieder heraus aus dem verwünschten Loche!«

Damit sprang er aus dem Schlitten und rutschte augenblicklich selbst in den Graben hinab. Doch das störte seine gute Laune nicht; er klopfte das Pferd und sprach ermutigend:

»Nun, nun, mein Liebchen, mein Täubchen, willst Du etwa hier stecken bleiben, Du Närrchen? Komm, komm!«

Mit geringer Anstrengung arbeitete das Pferd sich aus der Vertiefung heraus, und der Knecht folgte ihm, bis sie beide wieder auf festem Boden standen.

»Wenn ich nur wüßte, wo wir sind!« frug Wassilij Andrejitsch besorgt.

»Das wird sich ja wohl finden. Fahren Sie nur vorwärts; wenn wir ankommen, werden wir's ja wissen. Irgendwo müssen wir ja doch endlich landen,« erwiderte Nikita nicht gerade höflich.

Wieder erschien im Schnee vor ihnen ein schwarzer Punkt.

»Das wird wohl der Wald von Gorjatschkino sein,« sagte Wassilij Andrejitsch wieder voller Zuversicht.

»Wenn wir dort sind, werden wir sehen, welcher Wald es ist,« bemerkte Nikita in demselben kurzen Tone. Er hatte längst gesehen, daß das Schwarze kein Wald war, sondern ein Weidengestrüpp, an dessen schlanken Ruten noch die verdorrten länglichen Blätter hingen. Weiden aber deuten auf Menschenwohnungen hin – das behielt er jedoch einstweilen für sich.

Und Nikita hatte richtig geraten. Je mehr sie sich dem dunklen Streifen näherten, umso deutlicher klang das geheimnisvolle Rauschen des dürren Laubes zu ihnen herüber, und umso klarer traten die Formen der Weidenbäume hervor. Augenscheinlich waren sie längs eines Grabens als Einzäunung angepflanzt.

Plötzlich zog auch das Pferd den Schlitten, der dabei fast in Gefahr kam, zu kippen, eine Bodenerhebung hinauf und trabte leicht, ohne noch länger so tief in den Schnee einzusinken, weiter, denn es hatte nun endlich einen festen Weg unter seinen Hufen.

»Da wären wir denn endlich,« bemerkte Nikita. »Aber wo mag das sein!«

Das Pferd lief nun sicher auf dem Wege vorwärts, ohne wieder abzuirren, und nachdem sie ihn kaum vierzig Faden verfolgt hatten, kamen sie plötzlich dicht an eine Getreidedarre, von deren Flechtwerk der Schnee in dichten Wolken herabwehte. Darnach wandte sich der Weg, so daß die im Schlitten Sitzenden den Wind nun entgegen hatten und sich durch hohe Schneewehen hindurcharbeiten mußten. Dahinter aber tauchten nun zwei Häuser auf und bald konnte Wassilij Andrejitsch sein Pferdchen in die Dorfstraße einbiegen lassen.

Im Hofe des ersten Hauses hing Wäsche auf einer Leine; wild zauste der Wind an den steifgefrorenen Hemden – es war ein rotes und ein weißes – und ließ Unterhosen, Fußlappen und Frauenröcke heftig aneinander schlagen. Besonders wild bewegte sich das weiße Frauenhemd, dessen Aermel nur so hin und her flogen.

Einen Blick warf Nikita auf das flatternde Linnen und sagte wegwerfend:

»So ein faules Weib! Die Wäsche vor den Feiertagen nicht einmal abzunehmen! Wenn das Faultier nicht gerade im Sterben liegt, ist es unerhört.«

III.

Je weiter die beiden Reisenden in das Dorf hineinfuhren, um so mehr büßte der Wind an Heftigkeit ein, um so seltener wurden die tiefen Schneewehen, bis sie sich endlich ganz behaglich fühlten.

Aus dem einen Hofe erschallte Hundegebell, und ein Weib, fest in ein warmes Tuch gehüllt, erschien auf der Schwelle, um ihre Neugierde in Bezug auf die Vorüberfahrenden zu befriedigen. Von weiter her ertönten Gesang und fröhliche Mädchenstimmen.

»Ach, wir sind ja in Grischkino!« schrie Wassilij Andrejitsch plötzlich, nachdem er Umschau gehalten.

»So wird's wohl sein,« erwiderte Nikita beistimmend.

In der That war es Grischkino. Wassilij Andrejitsch und der Knecht fanden nun heraus, daß sie zu weit links gefahren waren und ungefähr acht Werst in dieser Richtung zurückgelegt hatten. Ihrem eigentlichen Ziele waren sie durch diese Fahrt wenigstens etwas näher gekommen, denn Gorjatschkino war von Grischkino etwa nur fünf Werst entfernt.

Kurz ehe sie das Dorf verließen, hätten sie beinahe einen Mann überrannt, der mitten auf der Straße ging. Blitzschnell ergriff dieser das Pferd am Zaum und rief laut: »Wer kommt da?« Nachdem er aber Wassilij Andrejitsch erkannt hatte, ließ er den Braunen los, ging bis zum Schlitten und schwang sich auf den Kutschersitz.

Es war der Bauer Issaj, ein Bekannter von Wassilij Andrejitsch, der aber weit und breit als gewandter Pferdedieb bekannt war. Kaum hatte er den Sitz eingenommen, als die beiden Männer auch schon den Branntweinduft verspürten, der von Issaj ausströmte und der Nikita besonders verlockend in die Nase stieg.

»Nun, Wassilij Andrejitsch, wohin führt Sie Gott?« frug der Fremde freundlich.

»Wir wollen nach Gorjatschkino.«

»Da sind Sie übel irre gefahren!« versetzte der andere. »Da mußten Sie doch über Malachowo fahren.«

»Als ob wir das nicht selbst wüßten,« erwiderte Wassilij Andrejitsch. »Wir haben in dem Wetter eben den Weg verloren.« Damit hielt er den Schlitten an.

»Ja, das ist ein schönes Pferdchen!« bemerkte der Neuangekommene, indem er das Tier kritisch betrachtete und mit gewandter Hand den locker gewordenen Knoten des aufgeknüpften Schweifes straff zog und hinauf schob. »Da wollt Ihr wohl hier übernachten?«

»O nein, Brüderchen; dazu haben wir keine Zeit!«

»Ist denn das Geschäft so eilig? Aber wen haben Sie denn hier eigentlich bei sich? Ach, das ist ja Nikita Stepanitsch!«

»Nun, wer denn sonst? Beschreiben Sie uns lieber den Weg nach Gorjatschkino, liebes Seelchen, daß wir uns nicht noch einmal verirren!«

»Da kann man sich ja gar nicht verirren. Fahrt nur die Dorfstraße wieder zurück und dann, wenn Ihr aus dem Dorfe hinaus seid, immer geradeaus. Beileibe aber nicht zu früh nach links biegen – erst, wenn Ihr die Anhöhe hinauf seid, geht der Weg links ab. Dort oben seht Ihr dann schon die Sträucher und ihnen gegenüber das hohe Wegzeichen, einen Eichenzweig mit dürrem Laub.«

Mit einem kurzen Worte des Dankes ließ Wassilij Andrejitsch das Pferd umlenken, um den soeben gekommenen Weg zurückzukehren.

»Ihr thätet viel besser, hier zu übernachten!« rief ihnen Issaj noch warnend nach, erhielt jedoch keine Antwort mehr, denn Wassilij Andrejitsch meinte bei sich, fünf Werst sei doch ein Kinderspiel, besonders da der Weg größtenteils durch Wald führte, und Wind und Schneetreiben fast kaum noch zu spüren waren.

Er trieb also das Pferd an, fuhr durchs Dorf zurück und bald hatten sie auch das letzte Haus, in dessen Hof das weiße Hemd noch schrecklicher als vorher wehte, weil es sich an dem einen Aermel von der Klammer losgerissen hatte, hinter sich.

Sie fuhren wieder an der Getreidedarre und den unheimlich flüsternden Weiden vorbei und hatten auch bald wieder die große weiße Schneefläche vor sich. Da merkten sie, daß sie sich sehr getäuscht hatten: das Schneetreiben hatte nichts weniger als nachgelassen – es tobte ärger als zuvor. Keine Spur vom Wege war zu erkennen: nur mit großer Mühe konnte man hier und da ein fast ganz verwehtes Wegzeichen unterscheiden. Bald gab es Wassilij Andrejitsch ganz auf, nach solchen zu spähen, er lockerte die Zügel und überließ es seinem klugen Tiere, den Weg zu finden.

Und das war in der That das Beste, was er thun konnte. Den Biegungen des Weges folgend, lenkte der Braune bald nach rechts, bald nach links und wich nicht wieder ab.

Eine kurze Strecke von etwa zehn Minuten hatten sie so schweigend zurückgelegt, da erschien plötzlich ganz nahe vor dem Kopfe des Pferdes ein dunkler Fleck, der, von einer wirbelnden Schneemasse umgeben, sich langsam dahinbewegte. Es war ein Schlitten, der dicht mit Leuten besetzt war. Bald hatten sie ihn ganz eingeholt; man hörte, wie der Braune mit den Vorderhufen an die Schlittenkufen des Gefährtes stieß.

»Macht, daß Ihr von uns weg kommt!« erscholl es laut aus dem Schlitten.

Wassilij Andrejitsch lenkte vorbei. Nun konnte man die im Schlitten sitzenden Personen erkennen: es waren drei Männer und eine Frau – offenbar vom Fest heimkehrende Bauern. Mit einer langen Peitsche schlug der Fahrende ununterbrochen auf das kleine, struppige Pferdchen ein. Die beiden anderen gestikulierten lebhaft, schrieen und lachten, während das bis über die Ohren eingewickelte Bauernweib stumm und steif wie eine Bildsäule auf dem Rücksitz thronte.

»Woher kommt Ihr?« rief ihnen Wassilij Andrejitsch zu.

»Aus A – a – a!« Alles Uebrige verschlang der tobende Sturm.

»Woher?«

»Aus A – a – a!« brüllten die Bauern zurück, trotzdem blieb der Name des Ortes für Wassilij Andrejitsch unverständlich.

»Sie scheinen vom Feste zu kommen!«

»Fahrt vor! Vorwärts, hü!«

Im Vorüberfahren streiften sich die beiden Schlitten und kamen in Gefahr, an einander hängen zu bleiben. Schließlich machten sie sich doch von einander los, und nun gewann Wassilij Andrejitsch den Vorsprung. Das kleine, dicke, schnaubende und pustende Pferdchen schien schon sehr ermattet, denn nur mit Mühe stampfte es durch den dichten Schnee weiter, den seine kurzen Beinchen hoch aufschleuderten.

Am Maul konnte man erkennen, daß es noch jung war.

Kurze Zeit sah Nikita des Tieres Kopf mit den vor Angst weit offenen Nüstern dicht neben sich, dann verschwand er hinter ihm.

»Diese Barbaren! Wie sie das junge Pferdchen abhetzen!« sagte Nikita. »Das macht alles der verdammte Branntwein.«

Wenige Minuten noch war von hinten her das Schnauben des müden Rößleins und das Johlen der betrunkenen Männer zu hören; dann verklang beides allmählich.

Kein Laut mehr ringsum, als das Sausen und Pfeifen des Windes, und hier und da ein leises Scharren, wenn die Kufen über eine schneefreie Stelle glitten.

Durch den Zwischenfall angeregt und munterer gemacht, trieb Wassilij Andrejitsch den Braunen zu schnellerer Gangart an; er unterließ es, nach den Wegzeichen zu blicken – mochte das kluge Tier sich allein zurechtfinden.

Für Nikita war jetzt nichts zu thun. Er überließ sich daher einem leichten Schlummer, aus dem ihn plötzlich ein heftiger Ruck weckte, so daß er beinahe aus dem Schlitten gefallen wäre. Sein Herr hatte das Pferd angehalten.

»Wir sind ja wieder nicht auf dem richtigen Weg,« bemerkte Wassilij Andrejitsch.

»Das wäre!«

»Ich sehe kein Wegzeichen mehr. Wir sind falsch gefahren.«

»Dann heißt's eben den rechten Weg wieder finden,« entschied Nikita kurz, stieg aus dem Schlitten und wanderte mit seinen gekrümmten Beinen auf der Schneefläche forschend hin und her.

Lange Zeit, bald verschwindend, bald wieder auftauchend, setzte er seine Untersuchung fort, endlich aber kehrte er zum Schlitten zurück.

»Hier herum ist kein Weg; aber vielleicht kommen wir wieder darauf,« sagte er zu seinem Herrn.

Allmählich begann sich die Dämmerung herabzusenken.

Der Schneesturm war zwar nicht ärger geworden, hatte aber von seiner früheren Heftigkeit nichts eingebüßt.

»Könnten wir nur wenigstens jene Bauern fragen,« begann jetzt Wassilij Andrejitsch.

»Die sind nicht mehr zu sehen. Wir müssen weit vom Wege abgekommen sein. Kann sein, sie haben auch selbst den Weg verloren,« versetzte Nikita.

»Was nun?« fragte Wassilij mit unsicherer Stimme.

»Das Gescheiteste ist, wir lassen den Braunen gehen, wohin er will. Irgendwohin muß er uns doch bringen. Geben Sie mir die Zügel.«

Das that der Angeredete denn auch ohne weiteres, begannen doch seine Hände trotz der schönen warmen Handschuhe recht kalt und steif zu werden.

Vorsichtig ergriff Nikita die Zügel, vermied jedoch jede Bewegung derselben, um das kluge Tier ganz sich selbst zu überlassen.

Und er hatte sich nicht getäuscht. Nachdem Gelbmaul sich bald zur Linken, bald zur Rechten gewendet, jetzt das eine, dann das andere Ohr gespitzt hatte, schlug er allmählich eine andere Richtung ein.

Nun hatten sie auch den Wind im Rücken; sie froren weniger.

»Sehen Sie, sehen Sie doch, Wassilij Andrejitsch, was er thut!« flüsterte der Knecht stolz. »Ja, klug ist er. Kräftiger zwar sind die Kirgisenpferde, aber bei weitem nicht so klug. Wie er mit den Ohren arbeitet! Meiner Treu, der wittert alles auf eine Werst Entfernung.«

Und wirklich, noch war keine halbe Stunde dahin, so erblickten sie vor sich etwas Schwarzes, ein Gehölz oder ein Dorf, und nun kamen die Wegzeichen auch wieder.

Plötzlich fuhr Nikita empor. »Aber wir sind ja wieder in Grischkino!« rief er.

Er hatte recht. Denn dort erhob sich wieder die Getreidedarre, von deren Flechtwerk die Schneewehen herabgekommen waren, und bald gewahrten sie auch die Leine, auf der die steifgefrorenen Wäschestücke noch immer vom Winde hin und hergeschleudert wurden.

In den Häusern brannte bereits Licht, so dunkel war es schon. Wieder wurde es windstill und wärmer, als sie die mit Mist bedeckte Dorfstraße entlang fuhren; von fern erschallten Stimmen und Gesang; dort drüben heulte ein Hund.

In der Mitte des Dorfes stand ein großes, aus Ziegeln gebautes Haus; Wassilij Andrejitsch fuhr auf dasselbe zu und machte am Thore halt.

»Klopfe an und rufe Taraß heraus!« befahl er Nikita.

Der Mann schritt auf das Fenster, in dessen Licht die wirbelnden Schneeflocken erglänzten, zu und klopfte mit dem Peitschenstiel daran.

»Wer ist da?« ließ sich eine Stimme von innen vernehmen.

»Die Brechunows aus Kresty, lieber Freund,« gab Nikita zur Antwort. »Ich bitte Dich, komm doch einmal heraus!«

Sofort entfernte sich die Gestalt vom Fenster; man hörte, wie sich eine Thür im Innern des Hauses öffnete, dann wurde auch der Drücker der Hausthür niedergedrückt und, die letztere vor der Wucht des Windes festhaltend, erschien ein bejahrter Bauer in der schmalen Oeffnung.

Er war in ein weißes Feiertagshemd gekleidet, über welches er einen Halbpelz geworfen hatte; auf dem grauen Kopf thronte eine hohe Mütze. Hinter ihm stand ein junger Mann in rotem Hemd und Lederstiefeln.

»Seid willkommen!« begrüßte der Alte die Draußenstehenden.

»Wir haben unsern Weg verloren, lieber Bruder,« erklärte Wassilij Andrejitsch. Wir haben diesen Nachmittag nach Gorjatschkino fahren wollen und sind hierher gekommen. Man hat uns dann den rechten Weg gezeigt, aber wir haben uns noch einmal verirrt.«

»O weh, da seid Ihr übel gefahren, liebe Brüder,« antwortete der Graukopf und, sich zu dem jungen Mann in rotem Hemde wendend, fuhr er fort: »Geh, Petruschka, öffne das Thor!«

Während der Angeredete eilig davonlief, erklärte Wassilij Andrejitsch:

»Aber Bruder, wir wollen ja nicht hier übernachten!«

»Wollt Ihr zur Nachtzeit weiter fahren? Bleibt lieber bis morgen bei uns!«

»Das möchte ich wohl, aber es geht nicht.«

»Dann kommt wenigstens herein und wärmt Euch; der Samowar ist bereit!« nötigte der Hausvater.

»Wärmen? Ja, das geht, dazu langt die Zeit,« entschied Wassilij Andrejitsch. »Wenn der Mond aufgeht, werden wir sogar dann besser fahren können. Komm, Nikita, wir wollen uns auftauen!«

»Ja, das wird nichts schaden,« meinte der Angeredete, der sich nicht merken lassen wollte, wie erstarrt er war, und der doch die Aussicht, seine steifen Glieder erwärmen zu können, mit großer Freude begrüßte.

Während Wassilij Andrejitsch sich sofort mit dem Hausherrn ins Zimmer begab, brachte Nikita mit Petruschkas Hilfe erst das Pferd nach dem Stall. Dieser war so hoch mit Dünger bedeckt, daß das hohe Krummholz oben an die Decke anstieß.

Den Insassen des Stalles schien die nächtliche Störung nicht angenehm zu sein. Oben auf dem Balken begannen die Hühner unruhig zu scharren und zu gackern, und der Hahn flatterte aufgescheucht hin und her. Die Schafe blickten dumm und furchtsam um sich; sie wichen scheu zur Seite, so daß der harte Dünger unter ihren Füßen knirschte. Halb zornig, halb erschreckt sprang ein Hund laut winselnd dem Fremden entgegen.

Nikita sprach nach allen Seiten beruhigende Worte. Er bat die Hühner bescheidentlichst um Entschuldigung und versicherte ihnen, daß die Störung bald vorüber sein werde. Den Schafen machte er höfliche Vorwürfe über ihre Dummheit und

Furchtsamkeit – und nachdem er auch den Hund beruhigt hatte, band er sein Pferd an.

»Das wird Dir wohl thun,« sprach er zu diesem und klopfte es zärtlich, »hörst du, wie der Wind heult?«

Immer von neuem begann der Hund zu winseln und zu knurren, und wieder wandte sich Nikita zu ihm.

»Was du dich nur aufregst! Sei doch gescheit! Als ob wir Diebe wären – wir gehören ja heute zum Haus. Hunger hast du? Nun, nun, nur Geduld, du kriegst schon dein Teil, du Dummrian! Kriegst schon was!«

»Weißt Du auch, daß man die drei Tiere die drei häuslichen Ratgeber nennt?« sprach der junge Mann, der, nachdem er den Schlitten unter das Dach des schützenden Schuppens geschoben hatte, nun in der Thür stand und Nikita zuschaute.

»Wie denn das?« frug Nikita.

»Ja, so steht im Pulsson: Wenn der Dieb zum Hause schleicht, bellt der Hund, um zu sagen: Halte die Augen offen, gieb acht! Der Hahn kräht, das heißt: Steh auf! Die Katze wäscht sich, da weiß man, daß ein lieber Gast kommt und kann Vorbereitungen zu seiner Bewirtung treffen,« erklärte der Kleine mit wichtiger Miene.

Petruschka konnte lesen und schreiben und hatte sein einziges Buch, den Pulsson, fast auswendig gelernt. Wenn er, wie heute, der Branntweinflasche zugesprochen hatte, liebte er, seine Rede mit Citaten daraus zu würzen und suchte für jeden besonderen Fall das Treffende zu finden.

»Du redest wahr,« sagte Nikita.

»Mir scheint, daß Du ganz ausgefroren bist, Onkelchen!« bemerkte Petruschka und führte, da Nikita das zugab, den Knecht durch Hof und Haustür in die Stube.

IV.

Der Hof des Taraß, in dem Wassilij Andrejitsch und sein Knecht als Gäste weilten, galt für einen der reichsten im Dorfe. Die Familie hatte fünf Anteile am Gemeindeland und außerdem noch fremdes Land in Pacht. In den Ställen standen sechs Pferde, drei Kühe, zwei Kälber und zwanzig Schafe. Die Familie bestand aus zweiundzwanzig Gliedern: vier verheirateten Söhnen, zahlreichen Enkeln – einer von diesen, Petruschka, war auch verheiratet – zwei Urenkeln und vier Schwiegertöchtern.

Der Hof war eines der so selten gewordenen Anwesen, die noch nicht geteilt waren, doch war unter den Weibern schon längst eine heimliche Wühlerei im Gange, deren Endresultat zweifellos die Teilung sein würde.

Zwei Söhne der Familie lebten auswärts, der eine als Wasserträger in Moskau, der andere als Soldat. In der Stube befanden sich augenblicklich der Alte, die Alte, der älteste Sohn, der zweite Sohn, der während der Feiertage zu Besuch gekommen war, ferner sämtliche Frauen und Kinder und endlich ein Gast – der Nachbar Starosta.

Die über dem Tisch hängende, durch einen Lichtschirm geschützte Lampe warf ihren hellen Schein auf den darunter stehenden Samowar, das Abendbrot, die Branntweinflasche und ließ auch deutlich die rote Ziegelwand erkennen, an der die Heiligenbilder und einige Kupferstiche hingen.

Wassilij Andrejitsch, im schwarzen Halbpelz, nahm den Ehrenplatz oben am Tische ein. Mit seinen scharfen Habichtaugen musterte er alle Anwesenden gründlich und sog dazu an seinem noch immer hartgefrorenen Schnurrbart. Neben ihm saß der alte grauköpfige Taraß in seinem weißen Hemd, und ihm zur Seite der Moskauer Sohn im Sonntagsstaate. Unten an der Tafel kam der kräftige, breitrückige älteste Sohn, der die Wirtschaft führte, und schließlich der Bauer Starosta, ein dürrer, rothaariger Mann mit eingesunkener Brust.

Zunächst wurde dem Gaste ein Gläschen Branntwein gereicht, und nun machte man Anstalten, um Thee zu bereiten. Der Samowar ward vom Tisch gehoben und auf den Boden am Ofen gestellt von wo bald sein Summen ertönte. Um ihn herum hockten die Frauen und Kinder.

Die kleine alte Hausfrau mit dem eingefallenen Gesicht voller Runzeln und den welken Lippen reichte gerade Wassilij Andrejitsch ein kleines Gläschen Wotka, als Nikita erschöpft und erfroren eintrat. Wie lieblich zog der Geruch in seine Nase, und wie verführerisch blinkte das weiße Naß! Seine Mienen verdüsterten sich; er klopfte den Schnee von seinem Burnus und von seiner Mütze, wandte sich dann an die Heiligenbilder an der roten Wand, verneigte sich vor ihnen, drehte sich dann um, machte zuerst dem Hauswirt und dann allen am Tisch Sitzenden seine Reverenz, und nachdem er sich schließlich noch vor den am Ofen hockenden Weibern verneigt hatte, wünschte er allen gesegnete Feiertage und legte dann seine Oberkleider ab – alles, ohne einen Blick nach dem Tisch mit der verhängnisvollen Flasche zu werfen.

»O, Du gleichst ja einem Schneemann, Onkelchen!« sagte der älteste Sohn zu Nikita, dessen Haare, Augenbrauen und Bart noch immer mit Reif bedeckt waren.

Nachdem der Chalat am Ofen aufgehängt, und Nikita an den Tisch getreten war, bot man ihm ebenfalls Wotka an. Das waren einige Augenblicke der Seelenqual: alles in ihm drängte nach dem duftenden Getränk; schon zuckte seine Hand, da traf ihn Wassilij Andrejitschs Blick. Mit einem Schlage kam ihm sein Eid, die vertrunkenen Stiefel, der Böttcher, sein Weib und seine Kinder ins Gedächtnis zurück, vor allem aber erinnerte er sich des Pferdes, das er seinem Jungen zum Frühjahr kaufen wollte. Ein Seufzer hob seine Brust, dann sprach er ablehnend:

»Danke ganz gehorsamst; ich trinke keinen Branntwein.«

Mit zusammengezogenen Brauen wandte er sich ab und setzte sich ans Fenster.

»Nu aber –« bemerkte einer der Männer.

»Ich will nicht trinken und ich thu' es nicht,« beteuerte Nikita mit niedergeschlagenen Augen.

»Er kann's nicht vertragen,« bemerkte Wassilij Andrejitsch erklärend und langte nach einem Stück Kuchen.

»Da muß er wenigstens eine Tasse Thee trinken, denn das gute Freundchen ist ja ganz ausgefroren,« sagte die Alte freundlich. »Was ist denn das für eine Trödelei, Ihr Frauenzimmer!« fügte sie, nach dem Ofen gewendet, hinzu.

Eine junge Frau trug den schweren Samowar aus dem das kochende Wasser sprudelte, mühsam heran und hob ihn auf den Tisch.

Während sie dort den Thee bereitete, berichtete Wassilij Andrejitsch umständlich von ihrer Irrfahrt, wie sie zweimal in dasselbe Dorf gekommen waren, wie und wo sie die betrunkenen Bauern getroffen. Die Wirtsleute warfen Ausrufe der Verwunderung dazwischen, erklärten, wann und warum sie vom Wege abgekommen waren, und gaben den guten Rat, sie sollten hier über Nacht bleiben.

»Die Frauen mögen Euch ein Lager zurecht machen, und Ihr könnt dann, sobald der Morgen graut, wegfahren,« fügte der Alte einladend hinzu.

»Geschäfte gehen vor, Brüderchen, wir können unmöglich bleiben!« lehnte Wassilij Andrejitsch ab. »Du weißt, ein ganzes Jahr kann eine versäumte Stunde nicht wieder gut machen.« In Gedanken beschäftigte er sich mit dem Wald und den Händlern, die ihm denselben wegschnappen wollten. »Wir werden's schon durchsetzen; nicht wahr, Nikita?«

Der letztere war ärgerlich, weil er sich unbändig nach Branntwein sehnte, den er doch nicht trinken durfte, und weil man ihm noch keinen Thee angeboten hatte – das Einzige, was ihm einigermaßen über seine Begierde nach Branntwein weghelfen konnte. Außerdem war sein Bart noch ganz gefroren, und es wollte ihm nicht gelingen, denselben aufzuthauen. Deshalb blieb er eine ganze Weile stumm und sagte dann endlich mürrisch:

»Ja, wenn wir uns nicht wieder verirren.«

»Ach, das ist ja garnicht möglich! Wir fahren erst bis zum Scheideweg, und von da ab geht's durch den Wald,« beruhigte Wassilij Andrejitsch.

»Wenn Sie denken, daß wir fahren müssen, nun, so fahren wir eben!« sagte Nikita etwas freundlicher, indem er nach der dargebotenen Tasse griff.

»Dann also ab, sobald wir Thee getrunken haben!«

Nikita nickte nur noch mit dem Kopfe, schüttete bedächtig den Thee in die Untertasse und hielt dann seine starren Hände über den aufsteigenden Dampf. Darauf entnahm er der Zuckerschale ein Stückchen Zucker, biß ein Eckchen davon ab und nachdem er sich vor den Anwesenden verneigt und ein »Auf Euer Wohl!« gemurmelt hatte, schlürfte er den erquickenden Trank.

»Könnte uns nicht jemand bis zum Scheideweg begleiten?« frug Wassilij Andrejitsch.

»Das möchte gehen!« stimmte der Aelteste bei. »Petruschka mag anspannen und mitfahren!«

»Ich würde mich Dir dankbar erweisen, Bruderherz, wenn Du das thun wolltest!«

»Nichts von Dank, Freundchen!« schaltete die Alte ein. »Wir thun es von Herzen gern.«

Petruschka, dem der Auftrag anscheinend angenehm war, ergriff freundlich lächelnd seine Mütze und lief hinaus.

Nachdem also die Angelegenheit der fremden Gäste erörtert worden war, kamen die Anwesenden wieder auf das Thema zurück, in welchem sie durch Wassilij Andrejitschs Ankunft unterbrochen worden waren. Der Taraß sprach über seinen dritten Sohn und beklagte sich bei seinem Nachbar, dem Starosten darüber, daß jener ihm zum Feste kein Geschenk gemacht, wohl aber seiner Frau ein prächtiges Tuch geschickt habe.

»Ja, ja, es ist nichts mehr mit den jungen Leuten anzufangen,« fügte er hinzu.

»Nein, sie werden uns Alten zu klug; es ist nicht mehr mit ihnen auszuhalten.«

Nikita interessierte das Gespräch augenscheinlich; er sah die Sprechenden aufmerksam an und hatte nicht übel Lust, mitzureden, doch beschäftigte ihn sein Thee so stark, daß er nur ab und zu beistimmend mit dem Kopfe nicken konnte. Je mehr er trank, um so behaglicher fühlte er sich.

Lange Zeit drehte sich das Gespräch um denselben Gegenstand – die Teilung der Güter – und obwohl man ganz im allgemeinen zu sprechen schien, hatte doch jedermann die Verhältnisse dieses Hauses im Sinn, denn der zweite Sohn, der jetzt mürrisch und in sich gekehrt da saß, brannte auf die Teilung.

Eine Zeitlang hielt der Takt die Sprechenden davon ab, diesen Punkt vor den Fremden zu erörtern; endlich trat dem Alten aber doch das Herz auf die Zunge, und mit einer Stimme, durch die die Thränen klangen, versicherte er, daß er nie in eine Teilung willigen würde, denn sei einmal geteilt, so zerstreue sich das Besitztum in alle Winde, und keiner habe was Rechtes. »So ist's bei den Matwejews gegangen, und so willst Du's nun auch haben!« wandte der Alte sich dann bekümmert zu seinem Sohne.

Es erfolgte keine Antwort, und alle fühlten das Schweigen drückend. Endlich wurde es durch Petruschka unterbrochen, der schon mit dem Anspannen fertig war und einen Teil des Gespräches mit angehört hatte.

»Da steht bei Pulsson eine Fabel,« sagte er lächelnd. »Ein Vater gab seinen Söhnen sieben zusammengebundene Stäbe. Keiner konnte das Bündel zerbrechen, aber aufgelöst, zerbrach jeder einzelne den seinigen ganz leicht. So ist's auch hier!« erklärte er mit dem strahlendsten Gesicht der Welt. Dann fuhr er fort: »Es ist angespannt.«

»So wollen wir aufbrechen,« sagte Wassilij Andrejitsch. »Aber in die Teilung willigst Du nicht, Großväterchen! Du bist der Herr, Du hast es erworben und kannst darüber verfügen. Das wird ihn der Friedensrichter auch lehren, wenn sonst nichts hilft.«

Inzwischen war Nikita mit der fünften Tasse Thee fertig geworden. In der leisen Hoffnung, daß man ihm noch eine sechste anbieten würde, hatte er sie nicht umgestülpt, aber zu seinem Leidwesen mußte er sehen, daß es nichts mehr setzte, denn das kochende Wasser im Samowar war alle. Da Wassilij Andrejitsch sich auch schon anzog, blieb Nikita nichts übrig, als ebenfalls aufzustehen. Er legte das von allen Seiten angeknabberte Stück Zucker in die Schale zurück, wischte sich mit der Hand den Schweiß vom Gesicht und kleidete sich dann seufzend an. Nachdem er sich noch bei seinen Wirten bedankt und von ihnen verabschiedet hatte, mußte er die schöne warme Stube verlassen und trat, innerlich sehr zufrieden, in den kalten, dunklen Hof hinaus.

Mitten im Hof stand der angespannte Schlitten, daneben Petruschka, der laut Verse aus seinem geliebten Pulsson hersagte. Eben sagte er:

> »Es stürmen die Wolken am nächtlichen Himmel,
> Es singet der Wind sein klagendes Lied.
> Bald klingt's wie des Wolfes grimmiges Heulen,
> Bald säuselt es leis' wie ein weinendes Kind.«

Er war offenbar äußerst befriedigt davon, daß sein Gedicht so gut mit der Wirklichkeit übereinstimmte, und auch Nikita nickte beistimmend mit dem Kopfe.

Schon beim ersten Schritt aus dem Hause sah man, das der Schneesturm bedeutend stärker geworden war: die Laterne, die der Alte in der Hand trug, um den Abfahrenden zu leuchten, wurde sofort ausgeblasen, und in den Ecken des Hofes sah man hohe Schneewehen aufgetürmt.

»Wenn wir nur auch bei dem Wetter durchkommen!« bemerkte Wassilij Andrejitsch. »Aber es muß versucht werden, denn ich habe ein wichtiges Geschäft, das nicht warten kann. Mit Gottes Hilfe werden wir schon unser Ziel erreichen.«

Der alte Taraß, der ihnen schon zum Bleiben zugeredet hatte, dachte bei sich: Mir scheint das eine gefährliche Geschichte; aber vielleicht ist es eine Folge meines hohen Alters, daß ich so schwarz sehe. Ich werde nichts mehr sagen. Bleiben sie nicht, so können wir ja auch bei Zeiten schlafen gehen und haben keine Schererei davon.

Auch Petruschka war nicht Wohl zu Mute, doch wollte er um keinen Preis Furcht zeigen und suchte sich dadurch Mut zu verschaffen, daß er die erhebende Deklamation von vorhin für sich wiederholte.

Nikita verspürte nicht die geringste Neigung, in dieses Wetter hinauszufahren, aber im Dienst für andere hatte er sich schon längst abgewöhnt, selbständig zu denken und zu handeln, noch viel weniger wagte er, einen eigenen Willen zu äußern.

So setzte denn niemand der Abreise ein ernstes Hindernis entgegen.

V.

Nachdem Wassilij Andrejitsch endlich in der pechschwarzen Finsternis seinen Schlitten gefunden hatte, schwang er sich hinein, ergriff die Zügel und rief laut:

»Los, Du da vorn!«

Das war das Zeichen für Petruschka, sein Fuhrwerk in Bewegung zu setzen. Er hatte eine Stute vorgespannt, und als der Braune sie witterte, ließ er sich nicht nötigen, ihr nachzueilen.

So ging es nun zum vierten Male durch das Dorf, vorbei an der flatternden Wäsche, von der man freilich nichts mehr sah, vorbei an der Getreidedarre, die fast bis ans Dach verweht war, vorbei an den alten Weiden, in denen der Wind noch unheimlicher pfiff, als vorher. Bald waren sie wieder auf dem weiten Schneefelde, das in dem entsetzlichen Schneegestöber einem brandenden Meere glich.

Der zum Orkan angewachsene Sturm beugte, wenn er von der Seite kam, den Schlitten und das sich mächtig stemmende Pferd seitwärts. Die Stute trabte mit munterem Schritt voran, der Braune eilte ihr ebenso hastig nach, so daß sie schon nach zehn Minuten an Ort und Stelle angekommen waren. Petruschka wandte sich um und schrie etwas zurück, was aber vom Tosen des Windes verschlungen wurde.

Als nun jedoch der vordere Schlitten nach rechts abbog, merkten sie, daß sie am Scheideweg angelangt waren und von nun an ihren Weg allein finden mußten. Sie lenkten nach links und hatten nun den Wind wieder ins Gesicht.

Seitwärts ragte aus dem Schnee das hohe, schwarze Wegzeichen empor.

»Gott führe Euch!«

»Vielen Dank, Petruschka!«

»Es stürmen die Wolken am nächtlichen Himmel,« erscholl es noch durch das Tosen der Windsbraut an ihre Ohren, dann blieb alles stumm, und sie waren allein.

Es ging weiter. Nikita hatte sich tief in seinen Chalat gewickelt und die Schultern emporgezogen, so daß das Wenige, was von seinem Hals übrig blieb, durch den Bart verhüllt wurde. Er rührte sich nicht, um ja die aufgespeicherte Wärme nicht sobald zu verausgaben. Schweigend sah er geradeaus auf die beiden Wagendeichseln, die ihm wie Furchen im Schnee vorkamen und ihm so einen befahrenen Weg vorspiegelten. Dazwischen erschien der auf- und niedergehende Rücken des Pferdes, das Krummholz und Gelbmauls Kopf und Hals mit der langen, wehenden Mähne.

Die von Zeit zu Zeit auftauchenden Wegzeichen überzeugten ihn, daß sie noch Weg unter sich hatten – er somit nicht aufzupassen brauchte.

Wassilij Andrejitsch ließ das Pferd den Weg selbst suchen; es ging jedoch nur mürrisch weiter und schien mehrmals den Weg verlassen zu wollen, so daß sein Herr es zurückholen mußte. Letzterer zählte die Wegzeichen und sah auch schon vor sich etwas Dunkles, das er für den Wald hielt.

Doch es war nur Buschwerk.

Sie fuhren daran vorüber, und ungefähr noch zwanzig Faden weiter; unablässig spähte der Herr nach einem weiteren Wegzeichen aus, ohne es jedoch entdecken zu können, und auch kein Wald kam in Sicht.

»Er muß aber ganz in der Nähe sein –« dachte Wassilij Andrejitsch, dem der Branntwein guten Mut gemacht hatte, und der nun das Pferd fortwährend zu schnellerem Laufe anspornte. Gutwillig ging dasselbe bald schnell, bald langsam, bald rechts, bald links, wie es verlangt wurde, obwohl es wußte, daß es so nicht richtig war.

Nach zehn Minuten weiterer Fahrt war noch kein Wald zu sehen.

»Wir müssen wieder vom Wege abgekommen sein,« sagte Wassilij Andrejitsch mürrisch und ließ das Pferd stehen.

Stumm stieg Nikita aus dem Wagen, wickelte seinen Kaftan, den der Wind aufblähte, fest um sich und begann wieder zu suchen. Er durchforschte erst die eine, dann die andere Seite so weit, daß Wassilij Andrejitsch ihn manchmal nicht mehr sah.

Endlich kehrte er zurück, stieg auf und nahm die Zügel aus den Händen seines Herrn. Laut und entschlossen sagte er:

»Wir müssen uns rechts halten.«

»Wenn Du denkst, so fahre rechts,« erwiderte Wassilij Andrejitsch, lehnte sich zurück und steckte die ganz steif gewordenen Hände in die Pelzärmel. »Es ist gleich, wenn wir auch zum dritten Male nach Grischkino kommen.«

Nikita ließ diese Bemerkung unbeantwortet.

»Nun, mein Freundchen, greif einmal aus!« sprach er zum Braunen. Aber trotz alles Aufmunterns bewegte sich das Tier nur im Schritt. Es versank stellenweise bis an die Kniee im Schnee und brachte den Schlitten nur noch ruckweise vorwärts.

Auch die Peitsche, zu der Nikita nun seine Zuflucht nahm, fruchtete nicht viel; das gehorsame Tier, das an Schläge nicht gewöhnt war, zuckte bei der Berührung zusammen, nahm einen kurzen Anlauf, verfiel aber sofort wieder in langsamen Schritt.

So ging es etwa fünf Minuten vorwärts. Der Schnee wirbelte von oben und unten so stark, daß man kaum noch den Kopf des Tieres sah.

Manchmal kam es ihnen wieder vor, als ob der Schlitten stehen bliebe, und das Schneefeld an ihnen vorüber tanze. Plötzlich aber schien das Pferd eine Gefahr vor sich zu sehen, denn es stand nun ganz still.

Nachdem Nikita seinem Herrn die Zügel zugeworfen hatte, sprang er geschwind heraus und lief vor zum Pferde. Kaum aber that er einen Schritt vor dasselbe, so wich plötzlich der Boden unter seinen Füßen, und er rutschte ein beträchtliches Stück hinab. Seine Versuche, sich irgendwo festzuhalten, waren erfolglos: er rutschte und rutschte bis er endlich unten angekommen war und in einer tiefen Schneeschicht stecken blieb.

Sie waren offenbar an eine Schlucht geraten, und nun stürzten die durch Nikitas Fall losgerissenen Schneemassen nach und begruben ihn bis über die Hüften.

»Ach, pfui doch, du da!« redete Nikita in tadelndem Tone den Schneehaufen und die Schlucht an. Er wühlte sich mit Mühe heraus, versuchte den Schnee von sich abzuschütteln und suchte nach seiner Peitsche, die ihm beim Herabstürzen aus der Hand geglitten war. Er war so in diese verschiedenen Beschäftigungen vertieft, daß er seines Herrn ängstliche Zurufe von oben unbeantwortet ließ. Nachdem er unten fertig war, versuchte er wieder hinaufzuklettern, doch das schien an dieser Stelle wegen der Steilheit der Schlucht unmöglich. Immer fiel er wieder hinab, bis er endlich den Versuch hier aufgab und, einen bequemeren Ausgang suchend, in der Schlucht vorwärts tappte.

Endlich gelang es ihm, mühsam auf Händen und Füßen in die Höhe zu kriechen, nachdem er etwa zwei Faden weit gegangen war.

Es war keine leichte Mühe, Pferd und Schlitten wiederzufinden, da er sie in der Finsternis nicht sah, und das Unwetter auch jeden Ton verschlang. Endlich aber hörte er doch die Stimme seines Herrn und das Wiehern des Braunen, die ihn ängstlich erwarteten, und urplötzlich standen auch vor ihm der Schlitten, das Pferd und Wassilij Andrejitsch riesengroß, wie aus der Erde gewachsen.

»Wo um Himmels willen hast Du nur gesteckt? Wir müssen schnell umkehren!« rief Wassilij Andrejitsch in ärgerlichem Tone.

»Ich möchte auch gern umkehren, Wassilij Andrejitsch; aber wie sollen wir denn das machen? Hier ist eine große Schlucht, aus der man kaum wieder heraus kann, wenn man hineingefallen ist! Ich bin hinuntergefahren, daß mir Hören und Sehen verging, und es hat Mühe gemacht, ehe ich wieder oben war.«

»Meinst Du denn vielleicht, daß wir hier bleiben sollen? Irgendwohin müssen wir doch fahren!«

Nikita blieb ihm die Antwort schuldig. Er kroch wieder in den Schlitten, setzte sich den Rücken nach dem Winde gewandt, zog bedächtig beide Stiefeln aus, schüttelte den Schnee heraus und stopfte etwas Stroh in den linken Stiefel, der ein bedenkliches Loch hatte.

Wassilij Andrejitsch blickte ihm schweigend zu und wartete. Er schien entschlossen, Nikita alles andere überlassen zu wollen.

Nachdem Nikita seine Toilette beendet und die Handschuhe wieder angezogen hatte, griff er energisch nach den Zügeln und führte das Pferd am Rande der Schlucht entlang.

Nach kaum hundert Schritten abermaliger Stillstand.

Es war eine zweite Schlucht. Der gute Nikita begann seine Untersuchung von neuem; er wanderte lange im Schnee hin und her, war schließlich ganz verschwunden und kam endlich von der entgegengesetzten Seite zurück.

»Wassilij Andrejitsch, Wassilij Andrejitsch, sind Sie noch am Leben?«

»Hier bin ich!« lautete es zurück. »Nun, was hast Du gefunden?«

»Nur, daß es irgend eine Schlucht ist. Weiter kann ich nichts entdecken, denn es ist viel zu finster. Wir müssen noch einmal dem Wind entgegenfahren!«

Das thaten sie. Dann erneuter Halt, erneutes Suchen und Tappen Nikitas. Wieder rutschte er, wieder versank er im Schnee und kam endlich ganz erschöpft zum Schlitten zurück.

»Nun, wie steht's?« rief ihm sein Herr entgegen.

»Ach, wie soll's stehen! Ich bin halbtot, und das Pferd ist auch nicht mehr vorwärts zu bringen.«

»Ja, um Himmels willen, was sollen wir denn da thun?«

»Warten Sie hier.«

Nach abermaliger kurzer Abwesenheit kehrte Nikita zurück, faßte das Pferd am Zügel und hieß Wassilij Andrejitsch folgen. Der letztere war nun nicht mehr der Herr; er that gehorsam alles, was Nikita ihm befahl.

Dieser machte nun eine rasche Wendung nach rechts und führte den Braunen direkt auf eine große Schneewehe zu. Das Tier bäumte sich zuerst, machte dann einen wackeren Anlauf, um durchzukommen, blieb aber in der Mitte, fast bis ans Kumt mit Schnee bedeckt, stecken.

»So steigen Sie doch heraus!« rief Nikita seinem Herrn zu, der noch immer im Schlitten saß. Dann zog er selbst mit Leibeskräften an der einen Deichsel, um dem armen Tiere bei seiner schweren Arbeit behilflich zu sein.

»Ja, leicht geht's nicht, Brüderchen!« redete er dem Pferde zu. »Aber streng dich nur noch einmal an! Durch müssen wir, das hilft nichts. Also hü! Vorwärts!«

Das Pferd zog an, einmal und noch einmal, aber ohne Erfolg. Es blieb wieder stehen, legte die Ohren zurück, schnupperte an dem Schneehaufen und legte dann seinen Kopf darauf, als ob es eifrig über etwas nachdenken müßte.

»Nein, mein Lieber, das ist nicht richtig; so geht's nicht! Versuch noch einmal!« munterte Nikita das Tier auf.

Jetzt hatte Wassilij Andrejitsch die andere Deichselstange gefaßt; mit Macht zog er an der einen, Nikita an der anderen Seite, das Pferd spitzte die Ohren und richtete sich plötzlich auf.

»Nun, nun, denkst wohl, du könntest versinken? Komm, hü!«

Den vereinten Kräften aller drei gelang es nun, den Schlitten ein kleines Stück vorwärts zu bringen, dann folgte noch ein Ruck, ein zweiter, ein dritter – und durch waren sie.

Pustend und schnaubend den Schnee von sich schüttelnd, stand das gute Pferdchen drüben. Wassilij Andrejitsch in seinen zwei Pelzen war durch die Anstrengung so außer Atem gekommen, daß er keinen Schritt vorwärts gehen konnte, sondern sich keuchend in den Schlitten legte. Während er das Tuch lockerte, das er vorsorglich noch über den Pelzkragen gebunden hatte, stöhnte er: »Laß mich nur erst wieder Atem holen!«

»Sie können ruhig liegen und atmen!« rief ihm Nikita zu; »ich werde das Pferd weiter führen!«

Nun ging es noch etwa zehn Schritte hinab, dann wieder etwas bergauf, und endlich hielt Nikita an. Der Ort, den er gewählt hatte, lag nicht mehr in der Schlucht: das wäre zu gefährlich gewesen, weil dort der Schnee liegen blieb; er war aber doch wenigstens einigermaßen gegen den Wind geschützt.

Der Sturm ließ bisweilen auf Augenblicke etwas nach, doch kam er dann, gleichsam um sich wegen seiner Nachlässigkeit zu rächen, mit verdreifachter Stärke zurück, indem er so heulte und den Schnee aufwirbelte, daß man nichts hören und sehen konnte und glaubte ersticken zu müssen.

Gerade in dem Augenblicke, als Wassilij Andrejitsch seinen Atem wiedergefunden hatte und nun den Schlitten verließ, um mit Nikita das weitere zu besprechen, erfolgte ein derartiger wütender Anprall des Sturmes, daß sich beide unwillkürlich duckten, um ihn erst vorübergehen zu lassen.

Auch dem Braunen schien es zu mißfallen, denn er schüttelte mißmutig den Kopf und legte die Ohren zurück.

Als wieder etwas Ruhe eingetreten war, entledigte sich Nikita seiner Handschuhe, die er in den Gürtel steckte, rieb sich dann die Hände und schickte sich an, die Zügel loszuschnallen.

»Was soll denn das werden?« rief Wassilij Andrejitsch verwundert.

»Ausspannen. Was denn sonst? Ich weiß nichts besseres; ich habe alles gethan, was ich konnte,« sagte Nikita, wie um Entschuldigung bittend.

»Können wir wirklich nicht aus der Schlucht hinaus?«

»Wir können nicht hinaus und ruinieren bei dem Umherfahren nur das Pferd!« erwiderte der Knecht und deutete auf den Braunen, der mit gesenktem Kopfe ganz ergeben dastand. »Ich denke, wir übernachten hier,« fügte er in einem Tone hinzu, als ob hier ein Bahnhof wäre, und machte nun auch das Kumt los.

»Wir müssen doch aber erfrieren!« sagte Wassilij Andrejitsch entsetzt.

»Ach was, wenn Sie erfrieren wollen, so werden Sie eben erfrieren müssen!«

VI.

Obwohl Wassilij Andrejitsch gerade jetzt, nach dem er sich bei der Schneewehe so angestrengt hatte, sich in seinen zwei Pelzen recht warm fühlte, rieselte es ihm doch eiskalt den Rücken hinunter, als er hörte, daß er hier übernachten sollte.

Während Nikita das Pferd vollends ausspannte, kroch sein Herr wieder in den Schlitten und holte Zigarretten und Streichhölzer hervor, um zu rauchen, denn das war ein Beruhigungsmittel für ihn.

»Nu komm nur heraus, komm heraus!« sprach Nikita indessen zum Gelbmaul, nachdem er Zügel, Gurt und Riemen gelöst und Kumt und Krummholz abgenommen hatte. »Komm nur heraus aus deinen Deichseln, ich werde dich hier anbinden und dir etwas Stroh geben. Wenn du etwas zu kauen hast, wird dir schon besser zu Mute werden.« Diesen Worten ließ er die That folgen und brachte dem Braunen einen Arm voll Stroh.

Doch das Tier wollte sich weder durch Streicheln und Klopfen, noch durch gute Worte beruhigen lassen. Bald drückte es sich an die Schlittenwand, bald trat es von einem Fuß auf den anderen oder wendete sich, daß es den Wind von hinten bekam, und rieb dann wieder seinen Kopf an Nikitas Arm. Gleichsam als wollte es das dargebotene Mahl doch nicht ganz verschmähen, nahm das Tier einmal ein paar Hälmchen Stroh aus dem Schlitten, schien aber sofort zu der Ueberzeugung zu kommen, daß in diesem Augenblicke Stroh nicht die Hauptsache sei. Darum ließ es das kaum aufgenommene fallen, dessen sich der Wind sofort bemächtigte, um sein Spiel damit zu treiben.

»Nun will ich ein Signal aufstellen!« meinte Nikita. Er drehte den Schlitten so um, daß die Deichseln gegen den Wind standen, dann richtete er sie beide in die Höhe, band sie oben zusammen und schnallte sie mit einem Riemen am Vorderteil des Schlittens fest. Mag der Schnee uns nun auch verwehen – dachte er –, so wird man doch dieses Zeichen bemerken, und gute Leute werden uns ausgraben. Ein solches Zeichen darf man nicht vergessen, hat mir manch alter Mann gesagt.

Indessen machte Wassilij Andrejitsch im Schlitten vergebliche Versuche, eine Zigarrette anzuzünden. Er schlug den Pelz auseinander, um hinter den Schößen einen gegen den Wind verwahrten Raum herzustellen. Dort strich er nun ein Streichholz nach dem anderen an seiner kleinen Büchse an; doch so oft er auch versuchte, eins zu seiner Zigarrette zu erheben, so oft blies es der Wind aus und entriß es seinen zitternden Händen.

Endlich aber brannte eins doch an. Einen Augenblick war alles hell erleuchtet, sein Pelz, seine Hand mit dem goldenen Ring am Zeigefinger, das schneebedeckte Innere des Wagens, das Haferstroh, das unter der Decke hervorlugte – dann wieder Dunkel – die Zigarrette brannte.

Mit tiefstem Behagen that er zwei Züge, indem er die Hälfte des Rauches schluckte, den anderen Teil durch seinen buschigen Bart blies. Als er sich aber zum dritten Zug anschickte, faßte der Wind sein Labsal und trug es fort wie vordem das Stroh.

Doch auch schon die zwei Züge hatten Wassilij Andrejitsch aufgeholfen.

»Wenn's nicht anders geht, nun, dann bleiben wir eben die Nacht hier!« sprach er mutigen Tones.

Bisher war das von Nikita errichtete Merkzeichen seiner Aufmerksamkeit entgangen; jetzt aber bemerkte er es und ergriff die Idee mit Feuereifer.

»Ich werde eine Fahne dran machen, das ist noch besser!« rief er ganz fröhlich, nahm das Tuch, das er vorhin von seinem Halse gelöst hatte, zog die Handschuhe aus, stellte sich aufrecht in den Schlitten, reckte sich in die Höhe und knüpfte das Tuch oben an der Deichselstange fest. Es begann sofort hin und her zu wehen, dann legte es sich wieder fest um die Stange, um im nächsten Augenblicke von neuem ein Spiel des Windes zu werden und wild hin und her zu flattern.

»Ist das nicht gut gemacht?« sagte der Herr befriedigt und versuchte es sich im Schlitten bequem zu machen. »Wenn wir beide hier drin nebeneinander liegen könnten, wäre es freilich besser; aber es geht nicht, zwei haben nicht Platz.«

»Ach was! Ich werde schon ein Eckchen finden,« sagte Nikita gleichmütig. »Aber das Pferd muß zugedeckt werden; das gute Tier ist ganz in Schweiß geraten. Geben Sie her!« rief er ziemlich rauh und zog unter seinem Herrn eine Decke hervor. Dann legte er sie doppelt, befreite das Pferd vom Rückenpolster und Riemen, bedeckte das Tier mit der Decke und befestigte dann beides wieder darauf.

»Die starke Decke können Sie wohl auch entbehren? Und einen Arm voll Stroh brauche ich auch,« sprach Nikita, nachdem er diese Arbeit beendet hatte, bittend zu seinem Herrn und begab sich wieder an den Schlitten.

Wassilij Andrejitsch rührte sich nicht, sondern blieb geduldig liegen, als der Knecht das Verlangte unter ihm vorzog.

Hinter dem Schlitten, dessen Rückwand eine Art Schutzwehr bildete, grub nun Nikita eine Höhle in den Schnee, die er mit Stroh ausfüllte. Dann schob er die Mütze weit ins Gesicht, wickelte den Chalat um seine Glieder, nahm die Decke um Kopf und Schultern und setzte sich nun auf das Stroh, indem er Kopf und Rücken an die schützende Rückwand lehnte.

Diese Vorbereitungen schienen in Wassilij Andrejitsch, der sich über Bauernverstand hoch erhaben fühlte, höchste Mißbilligung zu erregen, denn er schüttelte den Kopf und nahm sich vor, für sein eigenes Lager besser zu sorgen.

Er schichtete alles übrig gebliebene Stroh in eine Ecke, in welcher er liegen wollte, steckte die Hände in seine Pelzärmel wie in einen Muff und, seinen Kopf an die Vorderwand des Schlittens lehnend, wo er ebenfalls Schutz vor Schnee und Wind fand, machte er es sich so bequem als möglich. Zum Schlafen verspürte er keine große Neigung.

Da lag er nun, und es war ein einziger Gedanke, der ihn unablässig beschäftigte; er dachte an das Sinnen und Trachten, das Glück, die Freude, den Stotz, ja, den Inhalt seines Lebens: das Geld. Er berechnete, was er bisher verdient hatte und was er noch verdienen konnte, wieviel Geld seine Bekannten besaßen und verdient hatten, auf welche Weise sie es erworben, und auf welche Weise er noch viel, sehr viel Geld anhäufen wollte.

Damit kam er auf den Wald Gorjatschkino, und es that ihm leid, daß er nun mit dem Kauf bis morgen warten mußte.

»Die Eichenäste geben prächtige Schlittenkufen, die Stämme werden im ganzen verkauft und außerdem dürften auf eine Dessjatine Wald immer noch dreißig Schachen Brennholz kommen« – so berechnete er bei sich den zu lösenden Profit. »Aber zehntausend Rubel kriegt er keinesfalls,« sprach er weiter. »Das Höchste sind achttausend. Dabei darf er die Wiesen nicht berechnen. Den Landmesser muß ich auf meine Seite kriegen! Freilich werde ich ihm wohl hundert oder gar hundertfünfzig Rubel in die Hand drücken müssen, dafür muß er aber fünf Dessjatinen Wiesen herausmessen. Nein, mehr als achttausend kriegt er keinesfalls. Aber er giebt's auch dafür, wenn ich ihm dreitausend bar gebe.«

Dabei drückte er den Arm an die Seitentasche, in welcher er sein Geld hatte. –

»Wir müssen rein an der Wegteilung abgekommen sein,« – spekulierte er dann weiter. »Der Himmel weiß, wo der verfluchte Weg eigentlich ist. Auch der Wald, an dem gleich vorn das Wächterhaus steht, ist nicht da – man müßte doch die Hunde bellen hören. Aber die einfältigen Köter bellen ja niemals, wenn man sie gerade braucht.« –

Er steckte den Kopf ein wenig aus dem Pelzkragen hervor, hob ihn in die Höhe und lauschte aufmerksam in die Ferne. Nichts war zu sehen als Gelbmauls dunkler Kopf und die Decke auf seinem Rücken, die der Wind auf- und niederblähte – nichts zu hören, als das unheimliche Sausen des Windes, das Aneinanderschlagen der Deichselstangen und das gespenstische Flattern des Tuches oben in der Luft.

Enttäuscht lehnte Wassilij Andrejitsch den Kopf wieder zurück und schlug den Kragen in die Höhe. »Es ist eben nichts zu machen. Zwar ist ein Tag verloren, aber das bleibt sich gleich, denn in dem Wetter können die Händler aus der Stadt auch nicht herauskommen.«

Nun fiel ihm ein, daß am neunten der Fleischer ihm Geld für die verkauften Hammel bringen wollte. »So dumm. Nun wird er kommen und mich nicht treffen! Die Frau kann das Geld nicht in Empfang nehmen, denn sie ist sehr ungebildet! Sie weiß gar nicht mit den Leuten umzugehen,« sprach er in Gedanken weiter, denn es kam ihm in den Sinn, daß sie gestern dem Kreisrichter gegenüber sehr ungeschickt gewesen war, als er sie zum Fest besuchte. »Ja, das wissen wir schon, sie ist eben ein Frauenzimmer. Wo sollte sie's denn auch her haben! – Was hatten wir für einen Haushalt, als der Vater noch lebte! So einfach! Er war eben ein reicher Bauer, der nichts als die Schänke besaß, die sein ganzes Vermögen ausmachte. Was habe ich dagegen in den fünfzehn Jahren vorwärts gebracht! Einen Laden, zwei Schänken, eine Mühle, zwei Güter gepachtet, große Getreidevorräte. Neben dem Haus steht eine Scheune mit eisernem Dach.« Letzteres schien ihn mit besonderem Stolze zu erfüllen. »Ja, es ist anders geworden, als zu des Seligen Zeiten! Von wem spricht man in der Umgegend? Von Brechunow. Wessen Stimme gilt im Bezirk? Es ist Brechunows Stimme.

Und wie kommt das? Ja, ich bekümmere mich um meine Sachen, plage und schinde mich mehr wie irgend einer. Wenn die auf der Bärenhaut liegen oder sich vergnügen, arbeite ich. Manche lange Nacht sieht mich beim Geschäft. Ob gutes oder schlechtes Wetter, ich bin unterwegs. Na, und Gott sei Dank, es geht ja auch vorwärts. Im Schlafe verdient sich das Geld nicht – das braucht niemand zu denken. Versucht's einmal und plagt Euch auch, da werdet Ihr's ja sehen! Glück muß der Mensch haben – meinen manche – ja, prosit die Mahlzeit! Die Mironows sind Millionäre geworden und wodurch? Sie haben sich tüchtig geplagt – da hat ihnen Gott den Erfolg gegeben. Ach, wenn er mir nur immer Gesundheit schenkt!«

Der Wunsch, es den Mironows nachzuthun und auch Millionen zu erwerben, regte Wassilij Andrejitsch so auf, daß er das brennende Verlangen empfand, mit jemandem darüber zu reden. Aber es war niemand da, mit dem er hätte reden können. Ja, wäre er bis nach Gorjatschkino gekommen, so hätte er mit dem Besitzer des Waldes geredet und ihm gründlich die Wahrheit gesagt. Der hätte ja dann gewußt, was man thun muß, um reich zu werden!

»Horch nur, wie das pfeift! Schließlich werden wir so zugeweht, daß wir nicht wieder heraus können,« sprach er klopfenden Herzens zu sich und lauschte. Und wieder klang nichts an sein Ohr, als die Windsbraut und das Peitschen des Schnees gegen die Schlittenseiten.

»Besser wär's gewesen, ich hätte nicht auf Nikita gehört, sondern wäre weitergefahren. Einen Ausgang mußte dieses verwünschte Loch doch haben. Die ganze Nacht hier zu sitzen, ist gerade kein Spaß! Besser noch wir wären nach Grischkino zurückgefahren und bei Taraß geblieben! Ja freilich, der liebe Gott giebt dem Menschen etwas, aber keinesfalls den Bettlern, Tagedieben und Strohköpfen!«

»Ob ich noch ein wenig rauche?«

Der Gedanke schien ihm verlockend. Er richtete sich auf, nahm die Zigarrettentasche, kehrte sich dann der Schlittenwand zu, zog wieder den Schooß seines Pelzes nach vorn und strich ein Zündhölzchen an. Doch der Wind blies herein und löschte eins nach dem anderen wieder aus.

Endlich aber brannte ein Hölzchen doch. Allerdings rauchte der Wind mehr die Zigarrette als Wassilij Andrejitsch, aber drei Züge gönnte er ihm immerhin, und diese erfrischten ihn ungemein.

Nachdem er sich wieder gehörig eingehüllt hatte, legte er sich zurück und verfiel abermals in Gedanken und Träumereien, denen allmählich der Schlummer folgte.

Plötzlich fühlte er einen Stoß und erwachte. War es der Braune, der an den Schlitten gestoßen, oder war es ein innerlicher Schreck gewesen? Er wußte es nicht. Sein Herz aber begann so heftig zu klopfen, daß es ihm schien, als ob der Schlitten unter ihm bebte.

In seiner Umgebung hatte sich nichts verändert – nur heller schien es geworden zu sein. »Der Morgen graut,« sagte er zu sich, »da wird der Tag bald kommen!« Bald aber besann er sich, daß wohl nun der Mond aufgegangen sein möchte. Nun richtete er sich auf und sah sich um. Da stand Gelbmaul, am ganzen Körper zitternd, das Hinterteil gegen den Wind gerichtet, aber ganz mit Schnee bedeckt, und seine Decke war auf der einen Seite heruntergerutscht. Die Mähne flatterte heftig im Winde.

Nun richtete sich Wassilij Andrejitsch etwas auf und bog sich vor, um über die Rückwand des Schlittens hinweg nach Nikita sehen zu können. Dieser saß noch genau so da, wie er sich niedergelassen hatte, aber seine Füße und die über ihn gebreitete Decke waren mit hohem Schnee bedeckt.

»Daß er nur in seiner schlechten, dünnen Kleidung nicht erfriert!« Ich werde ja doch für ihn zur Verantwortung gezogen! Er ist vorhin tüchtig umhergelaufen und hat sich dabei müde gemacht, überdies ist er so wie so nicht sehr kräftig. Am besten ist's, ich nehme die Decke vom Pferde und lege sie noch auf ihn,« – überlegte Wassilij Andrejitsch. Doch konnte er sich nicht zum Aufstehen entschließen; es war zu kalt, und er fürchtete auch, das Pferd könne erfrieren.

»Hätte ich ihn nur nicht mitgenommen! Blos die Dummheit des Weibes ist daran schuld!« zürnte der Herr, indem er sich seiner Frau erinnerte, die er nicht liebte. Dann legte er sich wieder zurück auf seinen Strohhaufen.

»Ach, das Onkelchen hat auch einmal die ganze Nacht im Schnee gesessen,« monologisierte er dann, »und er hat gar keinen Schaden davon getragen. Mit Sebastian freilich war das anders: den mußte man am Morgen ausgraben und fand ihn tot – steif und starr wie ein geschlachtetes Schwein. Warum ich nur nicht in Grischkino geblieben bin!«

Noch einmal schlug er nun den Pelz sorgsam um seine Glieder, damit ja keine Wärme verloren gehen könnte, und er am Halse, an den Knieen, den Füßen wohl verwahrt war. Darauf machte er die Augen zu und versuchte zu schlafen. Das wollte ihm jedoch nicht gelingen. Er fühlte sich ganz munter, und seine Gedanken arbeiteten unablässig. Wieder dachte er an sein Geld. Alles zog ihm durch den Kopf, was er bisher gewonnen und was er von seinen Schuldnern einzuziehen hatte. Er prahlte vor sich selbst, war stolz auf seine Kunst, freute sich über sein schönes Besitztum – doch störte ihn in diesen angenehmen Gedanken beständig die immer größer werdende Furcht vor dem Erfrieren und der Aerger darüber, daß er nicht in Grischkino geblieben war.

Er legte sich bald auf die, bald auf jene Seite, suchte es sich auf alle Weise bequemer zu machen und rückte noch mehr an die Schlittenwand, um gegen Wind und Schnee geschützt zu sein, aber nichts gefiel ihm; nun richtete er sich auf, hüllte sich noch einmal ein, machte die Augen zu und versuchte still zu liegen – aber alles umsonst. Bald blies es irgendwo herein, bald drückte ihn etwas, bald fühlte er einen Krampf in den eingezogenen Füßen. Dann wieder ärgerte er sich über sich selbst bei dem Gedanken, wie schön ruhig er jetzt in der warmen Stube bei Taraß liegen könnte. So quälte er sich eine ganze Weile.

Da plötzlich erschien es ihm, als ob er Hähne krähen hörte. Hocherfreut hob er den Kopf, schlug den Pelzkragen herab und lauschte. Doch nichts war zu hören, als die Sturmnacht mit ihrem unheimlichen Geräusch.

Wassilij Andrejitsch meinte es nicht mehr aushalten zu können in dieser Einsamkeit. Zweimal rief er laut Nikitas Namen, ohne eine Antwort zu erhalten.

»Ach, der hat freilich keinen Kummer!« sprach er ingrimmig zu sich selbst, indem er wieder über den Schlitten auf den halbbegrabenen Nikita hinabblickte.

Wohl mehr als zwanzig Mal hatte sich Wassilij Andrejitsch in dieser Nacht, die ihm endlos schien schon erhoben und wieder gelegt.

»Ob es nur nicht bald Morgen wird?« meinte er seufzend und blickte um sich. »Ob ich nach der Uhr sehe? Doch da muß ich den Pelz öffnen und werde frieren! Aber wenn ich dann weiß, daß der Morgen nahe ist, so wird mir anders zu Mute werden, und ich kann aufstehen und anspannen!

Obgleich Wassilij Andrejitsch genau wußte, daß der Morgen noch nicht da sein konnte, suchte er es sich doch einzureden, um sich Mut zu machen, denn eine grenzenlose Furcht hatte sich seiner bemächtigt. Sorgsam öffnete er einen einzigen Knopf seines Pelzes, steckte die Hand in die Oeffnung und wühlte nun vorsichtig so lange, bis er zur Weste kam und seine silberne Uhr hervorziehen konnte.

Angestrengt betrachtete er das Ziffernblatt, konnte jedoch ohne Licht nichts unterscheiden. Er legte sich darum wieder auf die Seite und traf dieselben Vorsichtsmaßregeln wie vordem, als er rauchen wollte. Doch war er jetzt vorsichtiger. Zunächst betastete er alle Streichhölzchen und suchte dasjenige heraus, welches den dicksten Kopf hatte. Wirklich fing dasselbe sofort Feuer und beleuchtete einen Augenblick hell seine Uhr.

War's möglich? – – Zehn Minuten nach Mitternacht! Also kam erst die ganze lange Nacht!

»Ach, die ganze lange Nacht!« dachte Wassilij Andrejitsch, und es überlief ihn ein Schauer. Seufzend schloß er den Pelz, wickelte sich wieder ein und kroch in seine Schlittenecke.

Auf einmal hörte er wieder – und diesmal ganz sicher, sich nicht getäuscht zu haben – einen lauten Ton, der sich von dem einförmigen Heulen des Windes deutlich unterschied. Dieser Ton wurde stärker und erstarb dann wieder. Er begann von neuem, um aufs neue zu verhallen. Das war ein Wolf, und zwar mußte das Tier ganz nahe sein, sonst hätte der Wind seine Stimme nicht so deutlich bis hierher getragen.

Gespannt lauschte Wassilij Andrejitsch, nachdem er seine Ohren vom Pelzkragen wieder befreit hatte. Auch Gelbmaul spitzte die Ohren, scharrte unmutig mit dem Vorderfuß und wieherte ganz leise, als der Ton verklungen war.

Nun war es mit Wassilij Andrejitschs Ruhe ganz vorbei. All seine Bemühungen, seine Gedanken auf das zu konzentrieren, was ihm vorhin so viel Freude gemacht hatte – sein Geschäft, sein Reichtum, sein Ansehen bei den Leuten – waren vergebens. Das Entsetzen gewann immer mehr die Vorhand und drängte alle anderen Gedanken zurück, außer dem Gedanken darüber, nicht in Grischkino geblieben zu sein.

»Der dumme Wald! Mag er ihn doch verkaufen, wem er will! Ich habe ja Gott sei Dank genug, auch ohne das verwünschte Holz. Ach, wäre ich doch dort geblieben!« wiederholte er immer wieder. »Es heißt, Betrunkene erfrieren leichter – und ich habe getrunken!«

Nun begann er sich zu beobachten und merkte, daß er zitterte, ob vor Furcht oder Kälte, wußte er selbst nicht. Keinen Augenblick lang konnte er mehr in derselben Lage verharren; es trieb ihn aufzustehen. Er mußte sich mit etwas beschäftigen, was ihm die Furcht benahm, die von seinen ganzen Sinnen Besitz ergriffen hatte.

Zigarretten und Streichhölzer wurden wieder hervorgeholt. Freilich waren von den letzteren nur noch drei und, wie er wußte, die schlechtesten vorhanden. Kein Wunder, daß keins von ihnen Feuer fing.

»Zum Teufel mit dir!« rief er ingrimmig, die zerdrückte Zigarrette wegschleudernd, und war eben im Begriff, das Streichholzbüchschen denselben Weg gehen zu lassen, als ihm ein Gedanke kam, der ihn bewog, das Etui wieder einzustecken.

Seine innere Angst ließ ihm nun keine Ruhe mehr; er verließ daher den Schlitten, kehrte den Rücken dem Winde zu und wickelte sich, so fest es gehen wollte, in seinen Pelz.

Da durchzuckte ihn blitzschnell ein neuer Gedanke.

»Eigentlich dumm, daß ich so lange hier bleibe und auf den Tod warte!« sagte er sich. »Weshalb nicht den Braunen besteigen und davonreiten? Wenn ich ihn unter mir habe wird er schon nicht stehen bleiben! Der dort,« – damit meinte Wassilij Andrejitsch Nikita – »macht sich ja doch nichts draus, wenn er stirbt. Sein Leben gilt ihm nicht viel. Aber ich – ja, wenn einer so da steht, wie ich – –«

Und da stand er auch schon am Pferde. Er band es los, legte ihm die Zügel an und versuchte, es zu besteigen. Das gelang ihm aber nicht. Nun trat er auf den Schlitten, um von demselben aus auf das Tier zu gelangen, aber das Gefährt neigte sich unter seinem Gewicht, so daß er herunter fiel. Er wiederholte indessen seinen Versuch, und beim dritten Mal hatten seine vorsichtigen und ausdauernden Bemühungen doch insoweit Erfolg, daß er mit dem Leibe quer über den Rücken des Tieres zu liegen kam. Das war schon etwas; er schob sich langsam vorwärts, hob dann ein Bein über Gelbmauls Rücken und richtete sich auf. Ein Riemen des Pferdegeschirrs mußte ihm als Steigbügel dienen.

Das Hin- und Herschaukeln des Schlittens weckte Nikita aus seinem Schlummer. Er erhob sich schnell, und es kam Wassilij Andrejitsch vor, als hätte er etwas gesagt.

»Was sagst Du, Du Dummkopf? Auf Dich soll ich hören? Soll mich wohl mutwillig der Gefahr preisgeben, hier umzukommen!« schrie er laut zurück, wickelte die im Winde flackernden Schöße seines Pelzrockes fester um seine Kniee, lenkte das Pferd um und ritt nach der Richtung zu, wo seiner Ansicht nach Wald und Waldhütte lagen.

VII.

Nikita hatte von dem Moment an, wo er, in eine grobe Decke gehüllt, sich an der Rückwand des Schlittens niedergekauert, regungslos dort gesessen. Ungeduld oder Aufregung kannte er nicht, wie es allen denen geht, die mit der Natur leben und an Entbehrungen gewöhnt sind. Er konnte warten – stunden-, ja tagelang warten, bis seine Zeit kam. Er hatte recht wohl gehört, als sein Herr ihn gerufen, die Antwort aber unterlassen, weil er sich nicht bewegen wollte.

Auch er hatte so seine Gedanken gehabt; schon in dem Augenblicke, da er sich zur Ruhe niedergelassen, war ihm die Möglichkeit, ja Wahrscheinlichkeit, daß er in dieser Nacht sterben werde, vor Augen getreten.

Jetzt fühlte er sich allerdings noch warm, hatte er doch eine gehörige Menge heißen Thee genossen und sich außerdem durch das Umherwaten im Schnee tüchtig Bewegung gemacht; allein er wußte auch, daß diese Wärme nicht lange vorhalten werde und er sie durch erneute Bewegung nicht ergänzen könne, denn dazu fühlte er sich zu erschöpft. Ging es doch dem Braunen ebenso: war der müde, so ließ er sich auch nicht zum Weitergehen bewegen, bis er seine gehörige Portion Futter bekommen. Zu alledem kam, daß sein Fuß, der in dem zerrissenen Stiefel steckte, steif geworden war; in der rechten Zehe hatte er schon kein Gefühl mehr. Von Minute zu Minute fühlte er seinen Körper kälter werden.

Indes verursachte der Gedanke an sein bevorstehendes Ende Nikita doch keinerlei Bedauern. Weshalb hätte diese Aussicht ihn auch unangenehm berühren sollen? Sein ganzes Leben war in Dienstbarkeit, unter saurer Arbeit verflossen, Freuden- und Festtage waren ihm nur spärlich zu teil geworden. Nein, es war wirklich nicht schade, wenn das endlich vorüber war!

Aber auch nicht besonderen Schrecken vermochte ihm der Gedanke einzuflößen, denn er hatte stets außer den zahlreichen Herren, denen er im Leben gedient, einen höheren, einen gütigen über sich gefühlt und sagte sich nun, daß dieser eine ihm auch droben ein erbarmender Herr sein werde.

Schön ist es ja nicht, so plötzlich alles im Stich lassen zu sollen, an was man sich im Laufe der langen Jahre gewöhnt hat, aber was hilft es? Schließlich lernt man auch das Neue ertragen.

Nun aber schoß ihm der Gedanke an die Sünde durch den Sinn. Seine Trunksucht, das verschwendete Geld, die Beleidigungen, die er seiner Frau zugefügt, die Zänkereien, wie oft er versäumt hatte, die Kirche zu besuchen und die Fasten innezuhalten, und so viel anderes, wofür er in der Beichte Vorwürfe erhalten hatte, beschäftigten seine Gedanken.

Ja, das werden wohl Sünden sein! Aber an diesen meinen Sünden bin ich gar nicht schuld; Gott hat mich so geschaffen, wie ich bin – was gehen sie mich also an?

Auf diese Weise entledigte er sich aller Gedanken, die ihn möglicherweise beunruhigen konnten und gab sich dann in aller Ruhe den Erinnerungen hin, die sich seinem Geiste darboten: er dachte an Maria, an das gestrige Fest, an die Arbeiter, die wieder alle betrunken gewesen waren, an seinen Schwur betreffs des Branntweintrinkens. Dann wieder beschäftigten ihn die heutigen Irrfahrten, der Besuch bei Taraß und das dort geführte Gespräch über die Teilung der Güter, und schließlich kam er auf seine eigenen Kinder, dann auf den Braunen, den die Decke dort nur notdürftig schützte, und auf seinen Herrn, der sich in dem knarrenden Schlitten so ruhelos hin und her wälzte.

»Der gute Herr wird wohl selber nicht froh darüber sein, daß er nicht in Grischkino geblieben ist! Ja, ein Leben, wie er es führt, verläßt man nicht gern. Er ist eben nicht einer wie ich!«

Allmählich begannen sich seine Gedanken und Erinnerungen zu verwirren, in seinem Kopfe durcheinander zu fahren, und er schlief ein. – – –

Wie schon gesagt, wurde Nikita aus diesem Schlummer unsanft aufgeweckt, als sein Herr beim Besteigen des Pferdes den Schlitten ins Schwanken gebracht hatte. Ob er nun Lust hatte oder nicht – jetzt mußte er aufstehen. Mühsam nur, da seine Füße ihm nicht gehorchen wollten, erhob er sich, streckte sich, schüttelte den an seinen Kleidern haftenden Schnee ab und schaute sich dann nach seinem Herrn um.

Nachdem er eingesehen, was dieser vor hatte, meinte er, daß sein Herr ihm wohl die Decke zurücklassen könnte, die das Pferd auf seinem Rücken trug und die es nun nicht mehr brauchte. Das war der Inhalt jenes Zurufs, den der Davonreitende nicht verstand und nicht verstehen wollte.

Als nach wenigen Augenblicken Pferd und Reiter Nikitas Augen entschwunden waren, überlegte er, was nun zu thun sei. Das Beste wäre, auch fortzugehen, um Menschen aufzusuchen – aber dazu fehlte ihm die Kraft; seinen alten Platz konnte er nicht wieder einnehmen, denn der war ganz verweht. Seine einzige Zuflucht blieb demnach der Schlitten, und auch darin würde er sich nicht wieder erwärmen können, da er keine Decke hatte, und seine Kleider zu dünn waren. Er zitterte vor Frost und ihm war, als trüge er nichts als sein Hemd auf dem Leibe.

Nach einem Augenblick des Nachsinnens warf er sich, so wie er war, in die Ecke des Schlittens, die sein Herr bisher inne gehabt hatte, zog die Beine in die Höhe, so daß er wie ein Knäuel aussah, konnte sich aber trotz alles Bemühens nicht wieder erwärmen.

Eine ganze Weile fühlte er, wie ihm alle Glieder zitterten und wie seine Zähne aneinander schlugen, dann verließ ihn allmählich das Bewußtsein.

War es der Schlaf oder der Tod, der sich ihm jetzt näherte? Es war ihm gleich; er war zu allem bereit.

Sein letzter bewußter Gedanke war: Will Gott, daß ich noch einmal in dieser Welt zum Leben erwache, daß ich mein Dasein noch weiter als Knecht friste, daß ich fremde Tiere besorge, fremdes Getreide in die Mühle fahre, mich weiter abwechselnd betrinke und den heiligen Eid der Enthaltsamkeit ablege, all' meinen Lohn meiner Frau und jenem Böttcher überlasse – nun, dann geschehe sein heiliger Wille!

Will er aber, daß ich in einem anderen Leben erwache, wo alles neu und schön sein wird – so schön, wie hier nur die ersten Kinderjahre, die Mutterliebe, die Spiele mit den Freunden, die Wiesen und Wälder, die Eisbahn und Schlittenfahrt –, wo ich ein anderes, ganz unbegreifliches Leben führen soll – nun, so geschehe sein heiliger Wille!

Damit war Nikitas Bewußtsein völlig geschwunden.

VIII.

Unterdessen feuerte Wassilij Andrejitsch das Pferd mit den Füßen und den Enden der Zügel zum Vorwärtsgehen an; er schlug die Richtung ein, in der er Wald und Weg vermutete. Der Schnee hinderte ihn am Sehen, der Wind kam ihm gerade entgegen und schien ihn aufhalten zu wollen, er aber trieb unablässig das Pferd an und strebte vorwärts. Mit der einen Hand hielt er den Pelz zu und stopfte ihn zwischen sich und das Rückenpolster, das, ganz mit Schnee überzogen, ihn eisig durchkältete.

So ging es ungefähr fünf Minuten mühsam weiter. Er sah nichts als den Kopf des guten Braunen und das weiße wirbelnde Chaos, hörte nichts als das Schnauben des Windes und das Pusten seines Tieres.

Da tauchte etwas Dunkles vor ihm auf. Freudig klopfenden Herzens näherte er sich der Erscheinung, die er für die Mauern eines Hauses hielt; aber das Dunkle schien zurückzuweichen und sich bis ins Unendliche zu verlängern. Es war kein Haus, sondern nur ein Feldrain, dem die hohen, sich im Winde beständig neigenden Beifußsträucher das bewegliche Aussehen verliehen.

Diese Bewegung aber des so grausam gepeitschten Gestrüpps flößte Wassilij Andrejitsch seltsamerweise Entsetzen ein. Eiligst floh er den Anblick und merkte dabei nicht, daß er seine bisherige Richtung verließ und das Pferd nach einer ganz anderen Seite hinlenkte.

Immer noch in dem Glauben, daß er sich dem Weg und dem Wald nähere, schwenkte er links ab, während der Braune sich beständig rechts wandte, schließlich aber doch dem Willen seines Herrn folgen mußte.

Nach kurzer Zeit lag wieder etwas Dunkles vor ihm. Abermals glaubte er Häuser zu finden – abermals war es ein mit Beifuß bewachsener Rain, in dem der Wind sein tolles Spiel trieb.

Wassilij Andrejitschs Schrecken steigerte sich und er jagte wieder vorwärts. Da bemerkte er im Schnee unten Spuren von Pferdehufen, die der Wind schon halb verweht hatte. Das konnten keine anderen Spuren sein, als seine eigenen! Demnach hatte er bisher nur einen kleinen Kreis beschrieben.

Ich muß umkommen – dachte er, und nur um diesen schrecklichen Gedanken etwas zu vergessen, trieb er das Pferd von neuem vorwärts. Mit seinen Augen versuchte er, den Schnee vor sich zu durchbohren, sah aber nichts, als kleine, leuchtende Pünktchen, die bald aufflammten, bald wieder verschwanden.

Einmal klang es wie Hundegebell oder Geheul von Wölfen herüber, aber die Töne waren so leise und undeutlich, daß er nicht wußte, ob er sich vielleicht getäuscht habe; deshalb hielt er das Pferd an, um zu lauschen.

Da plötzlich hörte er ein entsetzliches, ohrenbetäubendes Brüllen, und der Boden unter ihm schien zu wanken. Krampfhaft faßte er nach dem Halse des Pferdes, doch auch dieses zitterte und bebte, und der Schrei klang noch furchtbarer wie vorher. Halb von Sinnen vor Schreck saß Wassilij Andrejitsch da, und erst allmählich wurde ihm klar, was eigentlich geschehen. Nichts weiter, als daß Gelbmaul recht laut gewiehert hatte, vielleicht um Hilfe herbeizurufen oder um sich selbst Mut zu machen in der furchtbaren Einsamkeit.

»Teufel, hat mich die verwünschte Bestie erschreckt!« brummte Wassilij Andrejitsch und sprach dann weiter zu sich selbst: »Ich muß wirklich ruhiger werden, sonst komm' ich noch ganz um vor Furcht.«

Damit trieb er das Pferd wieder an, merkte aber trotz seines guten Vorsatzes nicht einmal, daß sie den Wind jetzt im Rücken hatten, statt wie vorher im Gesicht.

Sein ganzer Körper zitterte vor Frost und war durchkältet, besonders da, wo der Pelz ihn nicht bedeckte. An den Wald und das Wachthaus dachte er schon nicht mehr, die waren vergessen, und es war nur sein sehnlichster Wunsch, zum Schlitten zurückzukehren, um nur nicht allein sterben zu müssen.

Auf einmal sank das Pferd unter ihm in die Kniee und begann mit den Hinterbeinen auszuschlagen. Wassilis Andrejitsch sah, daß es in eine tiefe Schneewehe geraten war und sich auf die Seite zu legen drohte. Eiligst sprang er ab, indem er dabei das Rückenpolster halb herabriß, so daß es auf der Seite hing, und beugte sich, nach dem Tiere zu sehen. Kaum aber fühlte sich das Pferd seiner Last ledig, so richtete es sich wieder auf, bäumte sich, machte einen Sprung, dann einen zweiten, und rannte, die schwere Decke und den Riemen nach sich schleppend, davon. Im Nu war es Wassilij Andrejitschs Augen entschwunden, der nun allein in dem tiefen Schnee zurückblieb.

In eiligem Lauf wollte er dem Tiere nach, aber bei jedem Schritt geriet er bis über die Kniee in den tiefen Schnee, so daß er binnen kurzem schweißbedeckt und atemlos innehalten mußte. Seine Kniee wankten unter der Last der schweren Pelze und der hohen Stiefeln.

»So werde ich hier elend umkommen müssen,« seufzte er, »und was soll dann mit dem Wald, dem Vieh, den Pachtgütern, dem Laden und den Schänken werden? Es ist doch nicht möglich, daß ich das alles verlassen muß!«

Ueber diesen Gedanken faßte ihn ein furchtbares Entsetzen, das im nächsten Augenblicke wieder der Hoffnung wich, daß alles das Fürchterliche, was er jetzt erlebte, nur ein Traum sei. Er versuchte, den schweren Traum abzuschütteln – er wollte erwachen, konnte es aber nicht.

Nein, es war Wahrheit: es war wirklicher Schnee, der da sein Gesicht streifte, es war eine wirkliche Wüste, in der er da allein stand, umtost vom Sturme, wie jener Beifuß am Feldraine, und den unvermeidlichen, schrecklichen Tod erwartete.

»Du himmlische Königin, Nikolaus, Du Wunderthäter!« flehte er, indem er sich des gestrigen Kirchengebetes vor dem goldblitzenden Heiligenbilde erinnerte, und ihm dabei auch die Kerzen in den Sinn kamen, die er in seinem Laden zum Anzünden vor diesen Heiligenbildern verkaufte. Man pflegte sie ihm, halb abgebrannt, wiederzubringen, und er verschloß sie dann wieder in seinem Kasten.

Zu eben diesem Heiligenbilde, dem wunderthätigen Nikolaus, betete er nun, indem er ihm eine ganze Menge Kerzen versprach. Dabei war es ihm freilich ganz klar und zweifellos, daß das Heiligenbild, der goldene Rahmen, die Kerzen, die Geistlichen, die Gebete dort in der Kirche zwar sehr wichtig und unbedingt nötig waren – daß sie hier, in dieser öden Wüste, ihm aber nichts nützen konnten, daß all diese Dinge mit seiner jetzigen trostlosen Lage gar nichts zu thun hatten und ihm nicht helfen konnten.

»Nein, sie können mir nicht helfen. Aber den Mut darf ich nicht verlieren. Ich werde jetzt schnell den Spuren des Pferdes folgen, ehe der Sturm sie ganz verweht!« sagte er zu sich und eilte weiter.

Zwar hatte er sich vorgenommen, langsam zu gehen, aber immer trieb ihn seine innere Unruhe so hastig weiter, daß er in den tiefen Schnee hinstürzte. Dann erhob er sich und machte ein paar weitere mühselige Schritte, um wieder hinzufallen.

Da er an den Stellen, wo der Schnee nicht tief lag, die Pferdespur schon nicht mehr sah, fürchtete er, sie noch ganz zu verlieren, und gab seine Rettung auf. Doch im Augenblick der größten Mutlosigkeit tauchte fast unmittelbar vor ihm etwas Dunkles auf: das Pferd, der Schlitten und die emporstehenden Deichseln mit dem wehenden Tuche.

Gelbmaul, dem das Rückenpolster, der Riemen und die Decke noch immer von der linken Seite herunterhingen, hatte sich jetzt dicht neben die Deichseln gestellt und schüttelte beständig den gesenkten Kopf. Wassilij Andrejitsch sah, daß das Tier in die Zügel getreten und sich hinein gewickelt hatte und deshalb den Kopf nicht heben konnte.

Wassilij Andrejitsch erriet nun, daß er auf dieser letzten Irrfahrt wahrscheinlich in dieselbe Schlucht geraten war, an die er schon vorher mit Nikita gekommen, und daß er es nur der Klugheit des Pferdes zu verdanken hatte, wenn er sich jetzt wieder bei seinem Schlitten befand.

IX.

Mühsam atmend, umfaßte Wassilij Andrejitsch krampfhaft den Schlitten und lehnte eine ganze Weile regungslos daran, bis er wieder zu sich gekommen war und sich einigermaßen beruhigt hatte. Er sah, daß Nikita sich nicht mehr an seinem vorigen Platze befand – dafür lag etwas im Schlitten, das freilich schon ganz mit Schnee bedeckt und nicht mehr zu erkennen war. Das war gewiß der Knecht.

Wassilij Andrejitschs Entsetzen war nun ganz geschwunden, seine einzige Furcht war, daß das schreckliche Gefühl wiederkehren könnte – jenes furchtbare Gefühl der Angst, das er empfunden, als er draußen umherirrte, und das am heftigsten gewesen war, als er allein in der Schneewehe zurückblieb.

Um keinen Preis wollte er diese Angst noch einmal mitmachen; er mußte sie fern von sich zu halten suchen, und das konnte er nur, indem er nicht an sich selbst dachte, sondern sich mit irgend etwas beschäftigte. Daher stellte er sich jetzt gegen den Wind, schüttelte den eingedrungenen Schnee aus seinen Stiefeln und Handschuhen, knöpfte seinen Pelz ganz auf, löste den Gürtel und schnallte ihn von neuem um, niedrig und fest, als wenn er im Begriff wäre, am Morgen aus seinem Laden zu treten, um das Getreide zu besichtigen, das die Bauern vor seinem Hause auffuhren.

Also gerüstet, begab er sich an seine Arbeit. Zunächst zog er den Fuß des Pferdes aus dem Zügel heraus und löste die verschlungenen Riemen von einander; dann führte er das Tier an seinen vorigen Platz und band es an der eisernen Klammer fest. Endlich machte er sich daran, Decke, Riemen und Rückenpolster wieder in die rechte Lage zu bringen.

Während er sich also beschäftigte, sah er plötzlich, daß sich im Schlitten etwas bewegte, und er bemerkte wie Nikitas verschneiter Kopf auftauchte. Augenscheinlich nur mit großer Mühe richtete der Knecht sich auf, setzte sich und fuhr mit einer merkwürdigen Handbewegung um die Nase herum, als ob er Fliegen verjagen wollte. Er sprach etwas vor sich hin, und es schien Wassilij Andrejitsch, als ob er ihn gerufen hätte. Also verließ er das Pferd und trat zum Schlitten.

»Was hast Du gesagt?« frug er.

»Ich st – st – sterbe,« antwortete Nikita mit leiser Stimme. »Was ich verdient habe, können Sie dem Jungen oder dem Weibe geben; das ist ganz gleich.«

61

»Ja, aber was ist denn los? Frierst Du etwa?« rief der Herr ängstlich.

»Ich weiß, daß mein Ende nahe ist. Verzeiht mir alles Böse!« erwiderte Nikita mit weinerlicher Stimme und begann wieder, mit der Hand vor der Nase hin und her zu fahren.

Einen kurzen Augenblick stand Wassilij Andrejitsch unbeweglich und sinnend da, dann trat er plötzlich mit entschiedener Bewegung näher, gerade als ob er einen besonders profitablen Kauf abzuschließen im Begriff wäre, reckte seine Arme aus, um die Pelzärmel etwas hoch zu ziehen und begann dann eifrig, mit beiden Händen Nikita und den Wagen von dem hereingewehten Schnee zu befreien. Darnach löste er eilig den eben erst festgeschnallten Gürtel, öffnete den Pelz, drückte Nikita auf seinen alten Platz zurück und bedeckte ihn, indem er sich auf ihn legte, nicht nur mit seinem Pelz, sondern auch mit seinem von der eben durchgemachten Anstrengung ganz heißen Körper.

Er lag mit dem Gesicht nach unten gewandt und drückte den Kopf an die Schlittenwand; seine Hände schoben die Enden des Pelzes zwischen Nikitas Körper und das Holz des Schlittens, so daß der Erstarrte auch von dieser Seite gedeckt war.

In dieser unbequemen Lage blieb Wassilij Andrejitsch liegen und hörte nun weder das Heulen des Sturmes noch das Scharren des Pferdes, sondern nur Nikitas tiefe Atemzüge, die von unten heraufdrangen.

Nachdem der Knecht längere Zeit ganz unbeweglich gelegen hatte, fing er endlich an sich zu regen und zu stöhnen – augenscheinlich fühlte er Wärme.

»Ah! Sieh, sieh, jetzt wird Dir wohl! Und vorhin sprachst Du noch vom Sterben. Bleib nur ganz ruhig liegen, so« ...

Zu seinem größten Erstaunen konnte Wassilij Andrejitsch plötzlich nicht weiter reden. Es würgte ihn etwas in der Kehle, sein Unterkiefer begann zu zucken, und Thränen traten ihm in die Augen. Also unterdrückte er alles, was er noch zu sagen hatte, und schwieg still.

Es ist das eine Folge der Uebermüdung – dachte er bei sich selbst. Doch fühlte er diese Schwäche garnicht als etwas Unangenehmes, sondern sie erfüllte ihn ganz im Gegenteil mit einer bisher noch nie empfundenen Freude.

»So wird man nun!« – dachte er mit einem wahren Triumphgefühl. Unaufhörlich rannen die Thränen aus seinen Augen, die er von Zeit zu Zeit mit dem Pelze abwischte, dabei mit den Knieen die ausgebreiteten Pelz-Enden festhaltend, die der Wind immer umzuschlagen drohte. Gar zu gern hätte er mit jemandem über die große ihn beherrschende Freudigkeit geredet.

»Nikita!« rief er.

»Gut – – warm« – – war die ganze Antwort, die er von unten zu hören bekam.

»Ja, siehst Du, mein Bruderherz! Schon waren wir beide verloren – Du wärst erfroren, und ich« ...

Wiederum hinderten ihn die aufsteigenden Thränen am Weitersprechen. Nun, so schweige ich eben, es schadet ja weiter nichts, – dachte er – ich weiß ja, was ich sagen wollte!

Einige Male hob er den Kopf ein wenig, um nach dem Pferde zu sehen. Gern wäre er aufgestanden, um das Tier zu bedecken, das ganz bloß dastand, da die Decke wieder herabgerutscht war, aber er fand nicht den Mut dazu, Nikita auch nur einen Augenblick zu verlassen und das große Glücksbewußtsein zu stören, das ihn ganz erfüllte. Alle seine Furcht war verschwunden.

Er fror auch wenig, denn von oben her schützte ihn sein Pelz, und von unter her spendete Nikita Wärme. Nur die Hände, die den Pelz um Nikitas Seiten festhielten, und die Füße, die der Wind entblößte, waren ihm starr geworden. Doch das fühlte er in seinen Bemühungen, den unter ihm liegenden Knecht zu erwärmen, kaum.

»Nein, Du entkommst mir nicht!« sprach er von Nikita mit derselben Prahlerei, als hätte er einen dummen Bauer gefangen, den er übervorteilen konnte.

So verging ziemlich lange Zeit. Anfangs beschäftigte ihn noch die Umgebung. An ihm vorbei schwebte der Braune, der Schneesturm, das Krummholz, die herabgerutschte Decke und Nikita, der unter ihm lag; dazwischen hinein mengten sich Gedanken an sein Weib, den gestrigen Feiertag, den Kreisrichter, die Kiste mit den Kerzen – und nun lag Nikita unter der Kiste.

Dann sah er vor sich Bauern, die da kauften und verkauften, weiße Häusermauern, eiserne Dächer – unter denen wiederum Nikita lag. Nun verschwamm das alles zu einem Bilde, wie die Farben des Regenbogens zum weißen Lichte, endlich dachte er garnichts mehr und schlief ein.

Sein Schlaf war traumlos bis zur Morgendämmerung; dann stellten sich Visionen ein. Er stand vor der Kerzenkiste, und Tichinows Frau wollte eine Kerze zu fünf Kopeken für den Feiertag haben. Er wollte die Kerze aus der Kiste nehmen, konnte es aber nicht, denn seine Hände steckten in den Taschen. Nun versuchte er, um die Kiste herumzugehen, brachte aber seine Füße nicht in die Höhe, denn seine neuen, blankgeputzten Stiefeln waren mit der steinernen Diele verwachsen, und er konnte die Füße auch nicht aus ihrer Bekleidung herausziehen. Plötzlich aber war die Kerzenkiste vor ihm keine Kiste mehr, sondern sein Bett, und er lag darauf – d. h. in seinem Bett – auf dem Gesicht. Aus diesem Bette vermochte er nicht aufzustehen und mußte es doch, denn jeden Augenblick konnte Iwan Matjewitsch, der Kreisrichter, kommen, mit dem er Holz kaufen und dem Braunen die Decke zurechtrücken sollte.

Er frug sein Weib: »Ist er noch nicht da?«

»Nein, sagte sie, er ist noch nicht gekommen.«

Indem fuhr ein Wagen vor dem Hause vor.

»Da kommt er ja!«

»Nein, er ist vorbeigefahren!«

»Nikolawna, Nikolawna! Kommt er denn immer noch nicht?«

»Nein.«

So lag er im Bett und wartete und konnte nicht aufstehen, was ihm gleichzeitig bedrückend und angenehm war.

Auf einmal kam der Erwartete – aber es war schon nicht mehr Iwan Matjewitsch, sondern ein anderer, trotzdem derselbe, der kommen sollte. Er kam und rief Wassilij Andrejitsch, und wie dieser ihn ansah, bemerkte er, daß es ja derselbe Mann war, der ihm geboten hatte, sich auf Nikita zu legen. Es erfüllte ihn eine unbeschreibliche Freude, daß dieser Mann zu ihm gekommen war.

»Ja, ich komme!« schrie er jubelnd.

Ueber diesen Schrei erwacht er; aber er ist nicht mehr derselbe, als der er einschlief. Er will aufstehen und kann's nicht; er will die Hand, den Fuß bewegen – er vermag es nicht; den Kopf versucht er umzudrehen – auch das geht nicht.

Das alles setzt ihn in Erstaunen, macht ihn aber nicht traurig. Er weiß, daß er stirbt, und es betrübt ihn nicht. Jetzt fällt ihm ein, daß ja Nikita unter ihm liegt, den er erwärmt und wieder zum Leben gebracht hat, aber seine Gedanken sind so verwirrt, daß er meint, Nikita sei er, und er Nikita, sein eigen Leben stecke in Nikitas Körper.

Als er darum jetzt Nikitas Atemzüge und sein leises Schnarchen hört, freut er sich und spricht ganz erhoben zu sich selbst:

»Nikita lebt, also lebe ich auch!«

Etwas Neues, etwas ganz Anderes, als er bisher gekannt hat; erfüllt sein Herz. Sein Geld, sein Haus, sein Laden, seine Ein- und Verkäufe und die Millionen Moronows kommen ihm in den Sinn, und er kann es garnicht fassen, warum der Mensch, den man Wassilij Brechunow nannte, sich so ganz ausschließlich mit diesen Dingen beschäftigt hat.

Er muß garnicht gewußt haben, was eigentlich die Hauptsache ist! – dachte er von diesem Wassilij Brechunow. Ja, er wußte es nicht – jetzt aber weiß ich es, weiß es mit voller Gewißheit!

Wieder ruft ihn der, der vorhin gerufen.

»Ich komme, ich komme!« antwortet in überquellender Freude sein ganzes Selbst.

Und auf einmal ist er frei geworden, und keine Fessel hält ihn mehr.

In diesem Leben sah, fühlte und hörte Wassilij Andrejitsch nichts mehr.

Noch immer wirbelte unablässig der kalte, feine Schneestaub durch die Luft. Er bedeckte den Pelz des toten Wassilij Andrejitsch, das am ganzen Körper zitternde Pferd neben dem schon fast verschneiten Schlitten sowie den unter seinem toten Herrn liegenden und von ihm erwärmten Nikita.

X.

Im Morgengrauen erwachte Nikita; die seinen Körper durchrieselnde Kälte weckte ihn. Ihm war, als käme er mit einem Wagen voll Mehlsäcke aus der Mühle, und als er bei Ljapino an der Brücke vorüberfuhr, blieb der Wagen im Schmutz stecken. Er kroch also darunter und stemmte sich mit dem Rücken dagegen, um ihn zu heben. Sonderbarerweise aber konnte er das Fahrzeug nicht bewegen, sondern es klebte an seinem Rücken fest, so daß er nicht einmal wieder darunter vorkriechen konnte. Sein ganzer Rücken fühlte sich wie zerquetscht, und wie ein Eisklumpen lastete es auf ihm.

Nein, darunter kann er nicht länger bleiben.

»Ich muß heraus!« rief er dem zu, der mit dem Wagen auf seinen Rücken drückte. »Ladet doch die Säcke ab!«

Doch der Wagen drückt immer schwerer und wird kälter und kälter. Da plötzlich klopft etwas und nun erst wird Nikita vollends wach und besinnt sich auf seine Umgebung. Der kalte Wagen ist sein toter, erfrorener Herr, der auf ihm liegt; das Klopfen aber rührt von Gelbmaul her, der mit den Hufen gegen den Schlitten schlug.

»Wassilij Andrejitsch! Wassilij Andrejitsch!« ruft Nikita ganz leise und ahnt doch schon die schreckliche Wahrheit.

Nein, es erfolgt keine Antwort; Körper und Füße des Erfrorenen sind starr und kalt und drücken wie Bleigewichte.

»Er ist wirklich tot, der arme Herr! Gott schenke ihm ewigen Frieden!«

Nun dreht Nikita ein wenig den Kopf und befreit sein Gesicht mühsam und so gut es gehen mag, vom Schnee. Dann erst schlägt er die Augen auf und sieht, daß es zwar hell ist, daß aber der Schnee immer noch hernieder wirbelt und lautlos Schlitten und Pferd höher und höher einhüllt. Die Bewegungen und das Schnauben des Tieres aber hört man nicht mehr.

»Der gute Braune muß auch erfroren sein!« sagt Nikita, und ein Gefühl des Bedauerns durchzieht sein Herz.

Und so war es auch. Die Hufschläge gegen den Schlitten waren die letzten Bemühungen des ganz erstarrten und verendenden Tieres gewesen, sich aufrecht zu erhalten.

»O, mein Herr und Gott, nun rufst Du auch wohl mich selbst!« rief Nikita aus. »Nun, Dein Wille geschehe! Der Gedanke daran ist freilich nicht schön, aber – einmal muß man sterben, und zweimal kann es einem nicht passieren. Wenn es nur wenigstens schnell geht!«

Ganz ergeben und vollständig überzeugt, daß er nun sterben werde, verwahrte er seine Hand wieder in seinem Burnus, schloß die Augen und wehrte allen schlimmen Gedanken.

###

Um die Mittagsstunde des folgenden Tages fand man Wassilij Andrejitsch und Nikita etwa dreißig Faden vom Wege und eine halbe Werst vom Dorfe entfernt und grub sie aus. Ohne die emporragenden Deichselstangen und das daran befestigte Tuch hätte man die Verschneiten garnicht bemerkt, denn der Schlitten war vollständig vom Schnee bedeckt. Das Pferd stand bis zum Bauch im Schnee und war auch auf dem Rücken ganz damit bedeckt. Sein toter Kopf war auf die Brust gesunken; von den Nüstern hingen Eiszapfen herunter, und Eiszäpfchen umgaben seine Augen wie gefrorene Tränen. In dieser einen furchtbaren Nacht war das Tier so abgemagert, daß es nur noch Haut und Knochen zu sein schien.

Wassilij Andrejitsch wälzte man von Nikita herab wie ein geschlachtetes und gefrorenes Schwein. Seine weitvorstehenden Habichtsaugen waren ganz vereist, und der offenstehende Mund lag voll Schnee.

Nikita lebte, obwohl er völlig erstarrt war. Als man ihn aus seiner Bewußtlosigkeit erweckte, meinte er, er sei gestorben, und alles, was um ihn her vorging, geschähe nicht in dieser, sondern in jener Welt. Anfangs verwunderte er sich, als er das Schreien der Bauern hörte, die Wassilij Andrejitsch von ihm abwälzten und ihn ausgruben, das in jener Welt die Bauern auch so schreien könnten; nach und nach aber wurde es ihm doch klar, daß er sich noch hier in diesem Erdenthal befand, und diese Erkenntnis bereitete ihm mehr Verdruß als Freude, besonders da es sich herausstellte, daß er die Zehen an beiden Füßen erfroren hatte.

Einige Monate mußte Nikita im Krankenhaus liegen, wo ihm drei Zehen abgenommen wurden. Da die anderen wieder heilten, wurde er glücklicherweise wieder zur Arbeit fähig.

Er lebte noch zwanzig Jahre, von denen er einen großen Teil als Knecht verbrachte, die anderen als Nachtwächter.

Erst in diesem Jahre ist er gestorben, und zwar ganz so, wie er es sich gewünscht hatte: unter den Heiligenbildern in seinem Hause, eine brennende Wachskerze in der Hand. Auf seinem Sterbebett hat er seine Frau um Verzeihung gebeten und ihr auch seinerseits alles, insbesondere den Böttcher, vergeben. Darnach nahm er Abschied von seinen Kindern und Enkeln und verschied in dem fröhlichen Bewußtsein, daß nun Sohn und Schwiegertochter von einem unnützen Esser befreit waren, und daß er selbst nun endlich aus diesem Leben, dessen er schon längst überdrüssig war, eingehe in ein anderes, das ihm seit jener Sturmnacht mit jeder Stunde begreiflicher und wünschenswerter geworden war.

Ob es ihm im Jenseits besser oder schlechter erging als hier, ob er sich enttäuscht fühlte, oder ob er dort fand, was er erhofft und erwünscht hatte?

Wir alle werden das einst im Lichte erkennen.

Iljaß

Es war nur ein kleines Erbteil, das dem Baschkiren Iljaß, der im Ufaschen Gouvernement lebte, nach dem Tode seines Vaters zufiel. Sein ganzes Besitztum bestand nur aus sieben Pferden, zwei Kühen, zwanzig Schafen; Iljaß verstand die Landwirtschaft aber gar wohl. Er und seine Frau arbeiteten mehr als der geringste Knecht und waren die ersten am Morgen auf, die letzten, die sich am Abend zur Ruhe legten. Deshalb mehrte sich sein Wohlstand von Jahr zu Jahr, bis er nach fünfunddreißig Jahren großen Fleißes ein bedeutendes Vermögen erworben hatte.

Nun standen zweihundert Pferde, hundertfünfzig Rinder und zwölfhundert Schafe in den riesigen Ställen; eine große Schar Knechte weidete sein Vieh tagsüber, viele Mägde molken die Stuten und Kühe und waren bei der Bereitung von Kumyß, Butter und Käse beschäftigt.

So besaß Iljaß von allem in Ueberfluß, und man sprach weit und breit mit Bewunderung, ja, Neid von ihm.

»Ja,« sagten die Leute, »der Iljaß hat ein Glück gehabt. Was fehlt ihm? Er hat es aus Erden schon so gut wie im Himmel.«

Der Kreis seiner Bekannten und Freunde mehrte sich, so daß sein Haus von Gästen nicht leer wurde. Ein jeglicher, wer es auch sein mochte, fand bei ihm gastfreundliche Aufnahme; es wurde ihm Kumyß. Thee, Fleischbrühe und Hammelfleisch vorgesetzt, so viel er nur mochte. Meldeten sich Gäste an, so mußte ein Hammel sein Leben lassen; waren es viele, so wurde ihnen eine Stute geopfert.

Die beiden Söhne des Iljaß und seine Tochter verheirateten sich frühzeitig.

Zuerst hatten sie wohl auch dem Vater im Haus und auf der Weide mit geholfen, später aber stieg ihnen der Reichtum zu Kopfe und sie waren nicht mehr zu gebrauchen. Der Aelteste begann zu trinken und verlor sein Leben bei einer Wirtshausschlägerei, der andere heiratete in eine vornehme Familie und sagte sich vom Vater los. Da mußte Iljaß ihm sein Erbteil auszahlen.

Natürlich wurde dadurch sein eigener Besitztum geringer, und es verminderte sich bald noch mehr durch allerlei Unglücksfälle. Zuerst kam eine Seuche über die Schafe, der viele erlagen, darnach folgte Mißwachs, es fehlte an Futter und manches Stück fiel im Winter. Dazu nahmen ihm die Kirgisin sein fruchtbarstes Stück Land ab. Er selbst konnte mit siebzig Jahren nicht mehr arbeiten wie früher, es ging ein Stück nach dem anderen dahin, er verkaufte Pelze, Möbel, Teppiche, Pferdegeschirre. Wagen und endlich das letzte Vieh.

Als er kein Dach mehr über dem Kopfe hatte machte er sich mit seiner Frau auf, um das Mitleid Fremder anzurufen, denn seine Tochter war auch gestorben, während der Sohn in weiter Ferne lebte.

Iljaß fand mit seiner Frau Schamschemagi ein Unterkommen bei dem Nachbar Muchamedschach. Obgleich derselbe keinen Reichtum besaß, sondern nur sein Auskommen hatte, nahm er doch die beiden Alten auf, denn er dachte daran, wie oft er in besseren Tagen Gastfreundschaft bei ihnen genossen hatte.

»Kommt nur getrost herein,« sprach er zu ihnen, »Ihr werdet Sommer und Winter etwas für Eure Kräfte zu thun finden. Du, Iljaß, kannst das Vieh füttern, und Schamschemagi mag melken und Kumyß machen. Dafür sollt Ihr Kleidung und Nahrung bekommen, und braucht Ihr noch etwas, so wendet Euch an mich.«

So geschah es. Zwar wurde es Iljaß und seiner Frau im Anfang nicht leicht, als Arbeitsleute beim Nachbar zu leben, nach und nach aber fanden sie sich hinein und arbeiteten, so weit ihre Kräfte langten.

Muchamedschach aber gereichte seine Mildthätigkeit gegen die beiden Alten zum Segen. Sie waren beide umsichtig und gewandt, und alles, was sie begannen, geriet ihnen wohl. Sie trugen viel dazu bei, ihres Wirtes Wohlstand zu verbessern. Muchamedschach wiederum fühlte Mitleid, wenn er bedachte, daß diese einst so reichen Leute jetzt seine Diener waren, und hielt die alten Leute gut.

Einmal bekam er von fernher Verwandte zu Besuch, die einen Mulla mitbrachten. Sofort befahl er, einen Hammel zuzurichten. Das war Iljaß' Arbeit. Er fing das Tier ein, schlachtete es, zog ihm das Fell ab und kochte das Fleisch und schickte es zu den Gästen hinein.

Nachdem das Mahl verzehrt war, wurde Kumyß gereicht, dabei saß die Gesellschaft auf weichen Kissen in der offenen Thür, vor sich die Tassen mit Kumyß. Als Iljaß einmal zufällig vorüberging, zeigte ihn Muchamedschach seinen Verwandten und sprach:

»Seht Euch den Mann an, der dort vorübergeht!«

»Wer ist das? Ich sehe nichts besonderes an ihm.«

»Das ist Iljaß, der reiche Iljaß, von dem Du gewiß gehört hast.«

»Wie sollte ich nicht! Man sprach ja weit und breit von ihm.«

»Nun ist er der Aermste von allen; er wohnt mit seiner Frau bei mir als Arbeiter.«

Das wunderte den Verwandten sehr und er sagte kopfschüttelnd:

»Das Glück ist ein wunderlich Ding; es dreht sich wie ein Rad. Hat's auch einmal einen hinausgehoben, so schleudert's ihn gewiß bald wieder in die Tiefe. Der Mann grämt sich sicherlich sehr!«

»Das weiß ich nicht. Er spricht nicht, sondern arbeitet immer still für sich.«

Da sprach der Verwandte:

»Ich möchte wohl einmal mit ihm sprechen und etwas von seinem Leben wissen.«

»Warum denn nicht?« erwiderte der Wirt und rief dem Alten zu:

»Großväterchen, hol Deine Frau und kommt herein! Trinkt eine Tasse Kumyß mit uns!«

Bald darauf erschienen die beiden. Nachdem Iljaß die Gäste begrüßt und ein Gebet gesprochen hatte, kauerte er sich an der Thür nieder; seine Frau aber kroch hinter den Vorhang, wo die Wirtin saß.

Man langte Iljaß eine Tasse Kumyß hin, die er mit einer Verbeugung entgegennahm. Dann trank er ein Schlückchen und setzte die Tasse neben sich.

Da sprach der Verwandte:

»Gewiß fällt Dir's schwer aufs Herz, Großväterchen, wenn Du uns so siehst, daß Du jetzt in Armut leben mußt, während Du früher so reich warst. Es ist schlimm, daß das Glück so schnell sich in Unglück verwandelt.«

Iljaß erwiderte mit lächelnden Lippen:

»Du würdest Dich wohl wundern, meine Ansicht über Glück und Unglück zu hören. Laß Dir's lieber von meiner Alten sagen, denn ein Weib trägt das Herz mehr auf der Zunge.«

Da rief der Fremde laut, so daß sie's hinter dem Vorhang hören mußten:

»Großmütterchen, Du sollst von Eurem früheren Glück und Eurem jetzigen Unglück reden!«

Schamschemagi rief hinter dem Vorhang hervor:

»Das sollt Ihr hören: Fünfzig Jahre haben wir beide das Glück gesucht und nicht gefunden; jetzt aber, da wir nichts mehr unser Eigen nennen und bei Fremden unser Brot als Arbeiter verdienen müssen, da haben wir's gefunden und wünschen uns nichts Besseres.«

Diese Worte riefen unter den Gästen großes Erstaunen hervor. Selbst der Hausherr verwunderte sich und zog den Vorhang zurück, hinter dem die Alte lächelnd und mit über der Brust gekreuzten Armen stand. Glückstrahlend sah sie ihren Mann an, der ebenfalls lächelte. Sie sprach nochmals:

»Ihr meint, ich scherze? Aber es ist mein heiliger Ernst: ein Menschenalter lang suchten wir das Glück im Reichtum und es ward uns nicht zu Teil. Erst jetzt, in der bittersten Armut sind wir glücklich.«

»Warum haltet Ihr Euch denn jetzt für glücklich?«

»Was war das früher für ein Leben? Wir kamen keinen Augenblick zur Ruhe, konnten uns nicht aussprechen, nicht unser Seelenheil bedenken, nicht Zeit zum Beten finden. Nichts als Sorgen beschäftigten unsere Gedanken. Wenn Gäste kamen, so hatten wir Sorgen: was werden wir ihnen vorsetzen? was ihnen schenken? daß sie uns nicht bereden! Waren sie fort, so gab's wieder Sorgen: was haben die Knechte inzwischen gethan? Haben sie auf das Unsrige gesehen oder der Ruhe gepflegt? Dann wieder die Sorge, daß der Wolf nicht in die Herde brach, daß der Dieb nicht ins Haus schlich. Mit Sorgen ging's zur Ruh, mit Sorgen stand man auf. Uns floh der Schlaf: werden die Schafe auch nicht die Lämmer erdrücken? dachten wir inmitten der Nacht. Wir sprangen auf und sahen nach. Hatten wir uns wieder niedergelegt, so kamen sorgende Gedanken: wird das Futter auch für den Winter ausreichen? und andere.

So lange wir reich waren, haben wir beide nicht in Eintracht gelebt: der eine wollte die Sache so machen, der andere so. Da gab es nichts als Zank und Streit. Sorge und Sünde hat uns der Reichtum gebracht – Sorge und Sünde, aber kein Glück.

Und wie ist's jetzt?

Jetzt haben wir keine Sorge mehr. Stehen wir auf, so sprechen wir miteinander in Liebe und Eintracht – denn worüber sollten wir streiten? Unsre einzige Sorge ist das Heil unserer Seele. Dann gehen wir an unsere Arbeit, die unserer Kraft angemessen ist; wir arbeiten mit Fröhlichkeit und denken dabei immer an den Vorteil unseres Herrn. Ist unsre Pflicht gethan, so steht das Mittagbrot oder das Abendbrot da und es wird uns reichlich Kumyß zuerteilt. Für die Kälte haben wir einen warmen Ofen und einen warmen Pelz. Am Abend giebt's Zeit genug zu einer vernünftigen Aussprache und zum Beten. Ein halbes Jahrhundert haben wir dem Glück nachgejagt – jetzt erst aber ist's zu uns gekommen.«

Darüber lachten die Fremden.

Iljaß aber sprach ernst:

»Was wir Euch gesagt haben, Brüder, ist nicht zum Lachen, sondern zum Bedenken. Zuerst haben wir geweint, meine Alte und ich, als unser Reichtum verloren ging, jetzt aber wissen wir, daß wir damals Narren waren, denn nun hat uns Gott die Wahrheit gezeigt. Nicht im Reichtum liegt das Glück, sondern in der Zufriedenheit. Das ist die Wahrheit, und Ihr habt sie jetzt von unseren Lippen gehört nicht zu Eurer Belustigung, sondern daß sie Euch auch zum Heil gereiche.«

»Ja, so ist es!« sagte der Mulla und nickte bestätigend mit dem Kopfe. »Iljaß hat die Wahrheit an sich erfahren, denn so steht's auch in der Schrift zu lesen.«

Nun lachte keiner mehr. Nachdenklich neigten sie die Köpfe und schwiegen.